국어의 음운 제약과
음운 변동 현상

국어의 음운 제약과
음운 변동 현상

김 태 경   著

한국학술정보(주)

머리말

이 책은 현대 국어의 자음 체계 안에서 일어나는 음소적 변동 현상 가운데 표기에 반영이 안 되는 경우를 중심으로 합리적인 설명 방법을 모색해 본 것이다. 국어의 음운 변동 현상은 분절음 집합 내에 존재하는 음운 규칙만으로는 충분히 설명되지 않고 비음운론적인 정보가 요구되기도 하는데, 이러한 현상 전반을 지배하는 원리와 제약을 찾는 데에 주력하였다. 이 책에서 검토의 대상으로 삼은 국어의 음운 현상은 연음과 음절말 중화, 자음군 단순화, 비음화, 유음화, 경음화, 유기음화이다.

본 논의는 크게 5장으로 이루어져 있다. 연구의 범위와 방법론을 밝힌 제1장에 이어, 제2장에서는 본 연구의 이론적 틀이 되는 최적 이론을 개관하고 국어의 음운 변동과 관련한 제약들의 유형 및 사전의 구조에 대해서 논하였다. 최적 이론의 기본 개념은 적형 구조에 관한 보편적 제약들과 이 제약들의 지배 관계가 개별 언어의 현상을 결정한다는 것이다. 한 개별 언어에 영향을 미치는 제약들은 음운론적 요구와 형태론적 요구들로 구성되어 있으므로 상호 충돌이 불가피하다. 여기서는 국어에서 위반이 불가능한 제약들과 위반이 가능한 제약들을 분류하고, 필수적 제약과 선택적 제약으로 지칭하는 한편, 음소적 변동의 원인 및 방향과 이들 제약과의 연관성을 개략적으로 기술하였다.

제3장에서는 음절 구조에 관련된 제약과 그로 인한 연음, 음절 말 중화, 자음군 단순화를 다루었다. 국어에서 선호되는 음절은 언어보편적으로 무표인 CV형이며, 음절말 중화는 음절 말음 제

약을 위반하는 분절음의 말단 자질을 삭제함으로써 이루어진다. 지금까지 줄곧 논란의 대상이 되어 왔던 모음 앞의 중화 현상은 무표적 음절에 대한 지향을 드러내는 제약 및 입력형과 출력형 사이의 충실성 제약, 그리고, 어휘 형태소 사이의 경계와 음절 경계가 일치할 것을 요구하는 정렬 제약이 상호작용한 결과라고 보았다. 그리고 이때 모음 사이에 놓인 중화음은 선행 음절의 말음 위치와 후행 음절의 두음 위치를 겸하는 양음절성의 음이라는 점도 밝혔다. 자음군 단순화의 방향을 주로 결정짓는 것은 주변 자음을 최대화하려는 제약이며, 용언 활용과 체언 곡용에서 양상이 다르게 나타나는 것은 체언의 경우에 곡용 패러다임의 단순화 제약에 의해 필수 굴곡 원리가 공전하고 있기 때문이다.

제4장에서는 음운 연결 제약과 관련한 비음화와 유음화 현상을 다루었다. 비음화는 선행 자음이 후행 자음의 강도보다 낮을 것을 요구하는 자음 연결 제약에 의한 것이며, 유음화는 인접한 두 분절음의 조음 방식 자질이 다르면서 그 외의 자질 마디가 동일하게 명시되는 것을 금지하는 제약에 의한 것이다. 이때, 비음 동화가 역행으로만 가능한 데 비해 유음 동화는 역행과 순행 모두 가능한 이유는 변동을 유발하는 제약 자체의 성격에서 찾을 수 있다. 그리고 몇몇 어휘에서 비음화와 유음화의 배타적 적용이 발견되는 것은 단어 경계에 대한 화자의 인식에 따라 음절 두음 조건이 작용 여부가 결정되기 때문이다. 그리고 이러한 음절 두음의 비음화가 과소적용 되는 이유는 이 제약이 충실성 제약에 의해 지배되고 있다는 데에서 찾을 수 있다.

제5장에서 다룬 내용은 입력형과 출력형 후보 간의 대응 관계 제약이 가져오는 경음화와 유기음화 현상이다. 이 두 현상은 모두 입력형의 형태를 염두에 두어야만 설명이 가능한 경우로서,

자음군이나 사잇소리가 포함된 경우에 야기되는 불투명성 문제를 대응 제약의 설정을 통해 해결하였다. 여기서 설정한 대응 제약은 입력형에서 장애음 혹은 사잇소리 다음에 위치한 장애음이, 반드시 출력형에서 후두 긴장 자질을 가져야 하며, 입력형에서 /h/ 다음에 위치한 장애음이 출력형에서 유기성 자질을 가진 음으로 실현될 것을 요구하는 제약이다. 그리고 이러한 요구는 음운론적 구 안에서만 유효한 것으로 한정함으로써, 동일한 음운 환경을 가졌음에도 불구하고 이러한 음운 변동이 차단되는 것에 대한 이유를 밝혔다.

이 책은 필자의 박사학위논문인 "국어 자음의 변동 원리와 제약"(1999. 12)의 내용을 수정·보완한 것이다. 이 책이 나오기까지 끊임없는 격려와 지도로 학문의 길잡이가 되어주신 이명규 선생님, 김정수 선생님, 장경희 선생님, 이필영 선생님께 우선 감사의 마음을 올린다. 논문 심사 과정에서 필자의 어설픈 생각을 가다듬어 주시고 세심히 지도해주신 안상철 선생님과 이상억 선생님께도 깊이 감사드린다. 또한 대학원 과정을 비롯한 오랜 기간 동안 많은 도움과 의지가 되어 준 선후배 동학들의 고마움도 빼놓을 수 없다. 이 책의 출판 과정에서 여러모로 애써 주신 한국학술정보의 여러분께도 감사의 뜻을 전한다. 마지막으로 필자가 공부하는 동안 가장 가까이에서 힘을 보태주는 사랑하는 남편과, 늘 부족한 자식을 믿음으로 지켜봐주시는 부모님께 이 책이 작은 보람이나마 드릴 수 있었으면 한다.

2005년 5월
지은이 씀

차   례

1. 서 론

1.1 연구 목적

본 연구의 목적은 국어의 음운 변동 현상을 분석하고, 그 원인이 되는 제약을 밝히는 데에 있다. 국어의 음운 변동[1] 현상은 음운론적 관점에서 볼 때 몇 가지 예외적인 경우를 포함하고 있다. 즉, 분절음 집합 내에 존재하는 음운 규칙만으로는 충분히 설명되지 않고, 비음운론적인 정보가 요구되기도 한다. 그러나 본고에서는 이러한 예외성을 불규칙성과 구별하고자 한다. 만일 비음운론적 영역 내의 어떤 규칙성이 음운 현상에 광범위하게 영향을 미친다면, 이를 음운론의 영역으로 끌어들일 때 비로소 그 현상을 지배하는 일반적인 원리가 밝혀지게 될 것이기 때문이다. 음운 변동이 일어나는 이유는 음소 연결의 제약이나 조음 편의, 혹은 표현 강화 등으로 요약될 수 있는데, 국어의 다양한 음운 변동 현상은 이 세 가지 요인 중 어느 하나에 기인하거나 그 두 가지 이상의 요인이 상호 작용한 결과이다. 후자의 경우에 특히 변동의 환경이 되는 음운론적 조건을 일관되게 제시하기가 어려운데, 본 연구에서는 이와 같이 통합이 어려운 현상들에서 공통점을 파악하는 데 주력할 것이다.

음운 현상을 기술할 때에는 현상에 대한 정확한 파악 못지않

---

1) 여기서 '변동'이란 용어는 한 형태소의 음소가 그 놓이는 환경에 따라 다른 음소로 바뀌는 현상을 가리키며, 한 음소의 변이음이 실현되는 이음 현상과 대립되는 개념으로 쓰였다.

게 경제적 타당성이 중요시되어야 한다고 본다. 본 연구에서는 국어의 음운 변동 현상 가운데 표기에 반영되는 경우와 그렇지 않은 경우에 대한 설명의 방향을 달리 함으로써, 규칙이 지나치게 복잡해지거나 한정적으로 되는 것을 막고, 적용이 효율적으로 이루어지도록 할 것이다. 변동이 표기에 반영된 경우는, 그러한 변동을 일으키는 형태소가 극히 한정되어 있을 때이다. 즉, 이러한 변동이 표기에 반영되는 이유는, 적용을 받는 형태소에 어떤 표시를 하지 않는 한 어떤 형태소에 그러한 변동이 일어나는지 알 수 없게 되기 때문이다. 이런 경우까지 같이 취급하려면 지나치게 형태특유적인 제약의 설정이 불가피하다. 따라서 한정적인 변동을 사전의 영역에서 처리하게 함으로써 형태특유적인 제약을 배제할 필요가 있다.

생성 음운론의 초기 이론에서 계층적 자질 이론을 거쳐 최적성이론에 이르기까지, 많은 언어학적 모델이 인지적 측면을 강조하는 방향으로 발전되어 오기는 했지만, 국어의 음운 변동 현상을 통합적으로 설명한 연구는 많지 않은 듯하다. 따라서 형태소 경계 및 단어 경계에서 발생하는 다양한 조음 현상에 대한 본 연구가 언어 현상의 본질적인 측면을 왜곡하지 않으면서 통일된 원리와 제약을 찾는 데에 도움이 되기를 기대해 본다.

1.2 선 행 연 구 검 토

국어의 음운 변동에 대한 기존의 논의들은 접근 방법에 따라 아래와 같이 나누어 볼 수 있다.

1) 구조주의 이론에서의 음운 변동 연구
2) 생성주의 이론에서의 음운 변동 연구
3) 제약 기반 이론에서의 음운 변동 연구

구조주의 이론에서는 분포를 통해 형태를 분석하고 이형태들로부터 기본형을 설정한 다음, 형태소의 교체를 기술하는 방법이 주를 이루었다. 안병희(1959), 이기문(1962), 허웅(1965) 등이 여기에 속하는 대표적인 업적이다. 여기서는 문법 층위의 혼합을 허용하지 않았으므로 음운론적 효과를 보이는 모든 현상을 음운론의 층위에서 설명하고자 하였다. 그러나 분절음과 내적 개연접(internal open juncture)만을 음소로 보는 일반적인 관점에서 비음운론적인 정보가 포함되는 음운 변동 전반에 대해 완전하게 설명하기란 불가능한 일이었다.

1970년대 국어음운론의 주류를 이룬 생성음운론에서는, 모든 비음운론적인 정보가 형태통사부의 정보로 설명되었다. 김진우(1968), 이기문(1972), 김완진(1972), 김영기(1973) 등이 이에 속한다. 그러나 예외를 허락하지 않는 규칙의 순차적인 적용을 전제로 한 생성음운론은, 지나치게 추상화한 기저형 설정과 복잡한 도출 방식이 항상 비판의 표적이 되었다. 이에 따라 평면적인 연쇄 대신에 입체적인 층위를 상정하는 복선음운론이 출현하게 되었다. 이 가운데, 형태부와 음운부의 상관성을 문법 모형에 그대로 반영한 어휘음운론은, 추상성 문제와 음운론적 불투명성을 해결하는 데 크게 기여하였다. 김영석(1984), 안상철(1985), 김종미(1986) 등이 이에 속한다. 그러나 계층 분리에서 파생되는 문제를 해결하기 위해 허용한 회귀(looping) 기제는 어휘음운론의 바탕인 계층순 가설을 약화시킨다.

　이러한 논의의 한편에는, 어떤 변동 규칙을 세우고 그 규칙이 적용되는 환경을 기술하기 이전에, 그러한 변동을 피할 수 없게 하는 제약을 밝히는 것이 언어 현상의 본질에 근접해 가는 길임을 지적하는 일련의 논의들이 있었다. 이병근(1979), 이승재(1983), 박창원(1987), 김성규(1988), 배주채(1992) 등에서는, 음운 현상에 대한 비음운론적 제약이라고 일컬어져 왔던 것들에 대해 심리적 실재성에 초점을 두고 음운론적 측면에서 해결을 시도하였다. 박창원(1987)에서는 이를 위하여 표면 음성 제약과 형태소 구조 조건을 제시하고, 규칙들의 적용 순서가 인위적인 조작에 의한 것이 아니라 단어 구조의 차이에 의한 자연스러운 결과임을 역설하였다.

　이러한 제약 위주의 설명은, 최적 이론이라는 새로운 이론 틀이 발표되면서 더욱 활기를 띠게 되었다. 최적 이론을 수용하여 국어의 음운 변동 현상을 설명한 논의에는 엄태수(1996b), 오정란(1997), 강석근 외(1997), 탁진영(1997), 홍순현(1997), 정명숙(1998) 등이 있다. 엄태수(1996b)에서는, 어휘음운론에서 어휘부 규칙과 후어휘부 규칙으로 분리되었던 현상들에 대해 최적 이론의 틀 안에서 광범위한 해석을 시도하였다. 그 이후로, 오정란(1997)에서는 어미 활용에 영향을 미치는 일련의 음운론적 제약들을 제시하였고, 강석근 외(1997)에서는 'ㅎ' 말음과 관련된 현상을 다루었다. 홍순현(1997)에서는 음절말 중화의 과도 적용 예를 들면서 이를 양음절성과 관련하여 설명한 바 있고, 탁진영(1997)에서는 자음군 단순화와 경음화를 함께 다루었으며, 정명숙(1998)에서는 자음군 단순화에 있어서 서울 방언과 경남 방언이 보이는 차이를 제약의 서열 매김의 차이로 설명하였다. 이와 같이 형태 정보와의 접촉에 의한 음운 변동 현상에 대해서 탁월

한 설명력을 보이는 것이 최적 이론의 장점이라 할 수 있겠으나, 지나치게 강한 문법의 힘과 형태특유적 제약의 남발에 대한 우려도 적지 않다.

1.3 연구 대상의 범위 및 연구 방법

본 연구의 대상은 현대 국어의 자음 체계 안에서 일어나는 음소적 변동 현상 가운데, 표기에 반영이 안 되는 경우, 즉, 문자화되었을 때 국어 음운 변동에 익숙한 모국어 화자가 발음 가능하며 그 차이에 대해 인식 가능한 것으로 한정한다. 따라서 연음 및 음절말 중화, 자음군 단순화, 비음화, 유음화, 경음화, 유기음화 현상이 본고의 논의 대상에 포함된다.

국어의 표기 체계는 형태음소적 원리에 입각한 것이고 따라서 예측 가능한 변동과 예측 불가능한 변동을 다르게 취급하고 있다. 즉, 비교적 생산적이고 규칙적이어서 자동적 교체로 분류되는 경우에는 이를 굳이 표기에 반영하지 않으나, 몇몇 어휘에 국한되어 있어 음운 규칙을 일관되게 적용하기 어려운 경우, 또는, 통시적 재구조화를 겪어 원형을 고정시켜 놓고서는 바른 발음을 이끌어낼 수 없는 경우에는 변이 형태를 적도록 되어 있다.

한편, 사잇소리에 의한 경음화 현상과 같이 한정적인 변동 현상이면서도 표기에 반영되지 않는 경우도 있다. 사잇소리가 개입하는 환경은 음운적·통사적으로 규칙화할 수 없으므로 어휘부에서 이를 수용하는 것이 불가피하지만, '—' 삽입이나 용언의 불규칙 활용과는 달리 그 실현형이 다양하고 어휘 이상의 층위에서도 사잇소리에 의한 변동이 나타나므로 사전적 처리만으로는 만족스러운 해결이 되지 못한다. 이런 이유로 본고에서는 비자동적 경음화 현상을 논의에 포함시켜 자동적 경음화와 함께 다루고자 한다.

연구 방법은, 제약을 위주로 한 최적 이론을 이론적 배경으로 하되, 국어의 음운 변동 현상을 일관되게 설명할 수 있도록 제약의 종류와 순위를 구체화한다. 이를 위해 본격적인 음운 변동 논의에 들어가기에 앞서, 2장에서는 우선 지금까지 제시되어 왔던 제약들의 개념과 유형을 검토하고, 국어 음운 변동 논의를 위해 필요한 기제를 설정한다. 특히, 본 논의의 핵심이라고 할 수 있는 필수적 제약과 선택적 제약의 구분을 명확히 하고, 음운 변동 현상 안에서의 역할을 밝힌다.

3장에서는 2장에서 정의한 개념에 근거하여 음절 구조 제약과 관련한 음운 변동 현상을 다룬다. 국어의 음절화 원칙과 음절 구조 안에서 분절음이 차지하는 위치에 따른 제약, 그리고 이로 인한 변동의 양상을 음성학과 음운론적 견지에서 살피고, 그 동안 논란이 많았던 범주적 차이에 따른 불규칙성에 대해서도 논의할 것이다.

4장에서는 표면적인 음운 연결 제약과 이로 인한 음운 변동 현상을 다룬다. 주로 자음 동화로 분류되는 현상의 원인과 그 변동의 방향이 무엇인지를 살피고, 음운 연결 제약 외에 다른 제약의 영향을 함께 받는 경우에 대해서 고찰할 것이다. 이러한 과정에서 국어의 음운 변동 현상을 설명하는 데에 있어서 외재적 규칙순의 필요 여부를 확인하게 된다.

5장에서는 입력형과 출력형 간의 음운 대응 제약과 관련된 음운 변동 현상을 다룬다. 역시 음성적 원인을 밝혀 이를 제약에 반영하고, 음운론적 불투명성 문제의 해결을 시도한다. 자동적 경음화와 유기음화 외에 사잇소리에 의한 경음화 현상을 논의에 포함시켜 동일한 기제로 설명한다.

마지막으로, 6장에서는 앞서 전개한 논의를 요약하고, 본 논의에서 다루지 못한 남은 문제들을 제시하며 끝맺고자 한다.

2. 음운 변동 논의를 위한 기본 전제

이 장에서는 본 논의의 기반으로 삼게 될 기본 개념을 제시하기로 한다. 이러한 작업이 필요한 이유는, 국어 변동의 원인과 방향을 하나의 규칙이 아닌 제약과 생성자에 의한 것으로 파악할 때, 이들에 대한 개념 정립이 우선되어야 할 것이기 때문이다. 이를 위하여 먼저 본고에서 제시할 음운 변동 모델의 이론적 배경이 되는 최적 이론과 대응 이론을 개관하면서 각각의 이론에서 제시된 제약 및 생성자의 유형을 살펴보고, 이를 바탕으로 이들 개념을 정리함으로써 본 논의의 토대를 마련하고자 한다.

2.1 제약의 개념과 유형

A가 B 앞에서 C로 변화하는 현상이 있다고 할 때, 이를 기술하는 방법은 개략적으로 보아 둘로 나뉜다. 하나는 A가 B 때문에 C로 변화하는 규칙이 있다고 기술하는 것이고, 다른 하나는 AB의 연쇄를 금지하는 제약이 존재한다고 기술하는 것이다. 전자와 같은 표기 규약은 개별적인 현상을 기술하고 그 원인을 보여주는 데에는 성공하고 있으나, 여러 개의 규칙들이 하나의 목적을 내포하는 경우에 그 규칙들이 함께 묶일 수 있는 보다 본질적인 원인을 형식화하지는 못한다. Kisseberth(1970)에서는, 이와 같이 표기 규약으로는 하나로 묶일 수 없는 복수의 규칙들이 하나의 목적을 위해 공모하는 현상이 있음을 지적하고 이를 음

운 규칙들의 공모성(conspiracy)이라고 지칭한 바 있다. 가령, 국
물이 /궁물/로 발음되거나, 난로가 /날로/로 발음되는 등의 현상
을 표기 규약으로 나타내면 각각 비음화와 유음화로 기술되며
이들 사이에 형식상의 공통점은 없다. 그러나 이들 규칙은 모두
발음하기에 불편한 음운 연쇄를 피한다는 하나의 목적을 위한
것이다.

또한 전자와 같은 표기 규약으로는 형식화하기조차 어려운 현
상도 있다. Kiparsky(1972)에서는, 미국식 영어의 과거형 어미
/-t/의 탈락을 예로 들면서, 이 규칙이 동사의 현재형과 과거형의
모음이 다른 경우(keep, sleep 등)에만 적용되고, 현재형과 과거형
의 모음이 동일한 경우(pass, step)에는 적용되지 않는다는 점을
지적하고, /-t/의 탈락이 이와 같이 비대칭성을 보이는 이유는 기
저형의 차이를 어떤 형태로든 표면에서 유지하려는 노력 때문이
라고 설명하였다. 즉, 음운의 변동 현상은 해당 언어를 이루고 있
는 전체 어형의 패러다임을 고려하여 일어나고 있는 것이다.

이와 같이, 발음하기 불편한 것을 피하려는 음운론적 제약과
식별을 용이하게 하려는 형태론적 제약은 서로 대립 관계에 있
으므로, 충돌이 불가피한 것은 당연한 일이다. 이러한 역학 관계
가 제약에 포함되도록 한 것이 Prince & Smolensky가 1993년에
발표한 최적 이론(Optimality Theory)의 업적이다. 최적 이론에
서 제시된 제약이 갖는 성질은 다음과 같이 정리할 수 있다.

(1) 제약이 갖는 원칙(Prince & Smolensky, 1993)
    a. 위반 가능성(violability) : 제약은 위반될 수 있다. 그러
                나 위반을 최소로 하는 것을 지향한다.

   b. 위계(ranking) : 제약들은 서로 엄밀한 지배 관계에 있
              으며, 개별 언어들 간의 차이는 제약들
              의 위계 차이에서 비롯된다.
   c. 평행성(parallelism) : 제약의 만족에 대한 평가는 전체
              계층의 제약에 의해 전체 후보 집단에
              대해 동시에 일어난다.

위에서 제약들이 위반 가능하다는 것은 제약들이 절대적인 것이 아니라 상대적이라는 뜻이다. 제약을 하나도 위반하지 않는 후보가 있다면 그 후보가 최적형이 되겠지만, 대개 모든 제약을 다 만족시키는 후보는 없고 한두 개 정도는 위반하게 마련인데, 그 중 위반을 가장 적게 하는 후보가 최적형이 될 가능성이 높다. 둘째로, 제약이 갖는 위계는 해당 언어에서 그 제약이 차지하는 중요도를 반영한다. 보다 더 중요시되는 기준일수록 상위에 놓이며 따라서 관련된 제약이 둘 이상인 경우에, 보다 상위의 제약을 위반하는 후보부터 최적형의 산출 과정에서 탈락한다. 제약들의 집합은 모든 언어의 문법에 보편적으로 존재하는데 한 언어 체계 안에서 어느 제약이 상위에 놓이느냐에 따라 그 언어의 모습이 결정된다고 보는 것이다. 셋째, 평행성이란, 모든 제약에 의한 평가가, 있을 수 있는 모든 후보에 대해 동시에 이루어지는 것을 말한다. 이러한 가정은, 순차적 적용을 가정하는 규칙 중심의 설명에 정반대되는 것으로, 음절, 음운론적 단어 등의 운율 성분의 구성이나 탈락, 삽입, 자질 변경 등 모든 음운론적 행동이 동시에 이루어짐을 전제로 한다.

McCarthy & Prince(1995)를 통해 발표된 대응 이론(Corres-pondence Theory)도 제약에 대한 기본 입장은 위에서 제시한 최

적 이론과 다르지 않다. 단, 최적 이론의 제약이 출력형 후보의
구조를 제한하는 것이라면, 대응 이론의 제약은 짝을 이루는 요
소-입력형과 출력형 또는 출력형의 어기와 접사 사이의 대응
관계를 규정하는 것이다. 예를 들어, 입력형의 요소가 출력형에
서 탈락하거나 입력형에 없던 요소가 출력형에 삽입되는 것을 막
기 위해 최적 이론에서는 배치 제약(Parse)과 충원 제약(Fill)을 설
정한 데 반해, 대응 이론에서는 극대화 제약(Max-IO)과 의존 제
약(Dep-IO)을 설정하였다. 극대화 제약은 입력형에 나타난 모든
분절음이 출력형에 대응되는 요소를 가질 것을 요구하는 제약이
고, 의존 제약은 출력형에 나타나는 모든 분절음이 입력형에 대응
되는 요소를 가질 것을 요구하는 제약이다. 그리고 이 두 제약과
자질 일치 제약(Ident-IO(F))은 모두 충실성 제약(Faithfulness)에
속하는 것으로 되어 있다. 충실성 제약은 출력형이 입력형에 충
실할 것, 즉, 출력형이 입력형과 동일할 것을 요구하는 제약이다.
이와 같은 제약의 기능에 대한 분류는 이들 제약이 가지고 있는
근본적 역할을 밝혀준다는 점에서 제약 위주의 설명 방법에 커
다란 공헌임에 틀림없다.

대응 이론에서 말하는 음운 변동은, 어떤 구조적 제약(structural
constraint)이 앞에서 말한 충실성 제약을 지배하는 경우에 일어
난다[2]. 즉, 구조적 제약이 입력형과 출력형 사이의 불완전한 대응
또는 대응 요소 간의 불일치를 가져오는 원인이 된다는 것이다.

---

2) 여기서 구조적 제약은 음절에 두음이 갖추어질 것을 요구하는 Onset
제약이나 비강 모음을 금지하는 *V_{nas} 등을 가리킨다. 가령, Madurese
에서 중첩 시 활음이 삽입되는 것은 Onset 제약이 Dep-IO 제약보다
상위에 있기 때문이라고 설명한다. (McCarthy & Prince 1995:26-30
참조.)

그러면서도 평가 과정에 있어서 최적 이론에서 가정한 평행성 (parallelism)의 원리는 그대로 받아들이고 있다.[3]

이상에서 제시된 원칙을 실제 예를 들어 살펴보기로 하자. 다음 도표에서 A, B는 제약의 한 종류이며, '*' 표시는 제약에 대한 위반을 나타낸다. '!' 표시는 그 위반이 치명적이어서 해당 후보가 평가 대상에서 탈락시키는 경우에 표기한다.

(2)

/in$_k$/	A	B
☞ Cand₁		
Cand₂		*!

위 표 (2)에서 Cand₂는 B 제약을 위반하는 데 반해 Cand₁은 두 제약을 모두 만족시키고 있으므로 최적의 후보가 되며, '☞'로 표시된다. 이 경우에는 제약이 두 가지이기는 하지만, 두 제약 사이에 등급(ranking)이 매겨지지 않은 상태이다. 등급은 어느한 제약이 다른 제약에 비해 더 중요하게 작용하는 경우에 매겨진다. 이와 같이 어느 한 제약을 준수하기 위해 다른 제약에 대한 위반을 감수해야 할 때 일어나는 문제를 '제약 충돌'이라고 부른다.

---

3) 단계적 평행성을 내포한 층위 설정은 Goldsmith의 조화음운론(Harmonic Phonology)에서 보인다. 여기에서 제시된 3음운 층위는, M -층위(morphophonemic level), W-층위(well-formed structure level), P-층위(phonetic level)로서, 각 층위에서 구조의 적형성을 증가시키는 방향으로 역동적이며 자율적인 변화를 상정하고 있다. (Goldsmith, 1993: 23-33 참조.)

가령, 두 가지 제약 A와 B가 있고, 후보 $Cand_1$와 $Cand_2$가 각각 A와 B 제약을 하나씩 위반하는 경우, 이를 표로 나타내면 (3)과 같다. 이때, 두 제약 간의 중요도가 정해져 있지 않으면 제약 A와 B를 나누는 선은 점선으로 표시된다. 그러나 출력형 선택에 제약 A가 B보다 더 중요한 역할을 한다면 (4)에서와 같이 두 제약 사이의 경계는 실선으로 나타낸다.

(3)

/in_k/	A	B
$Cand_1$		*
$Cand_2$	*	

(4)

/in_k/	A	B
☞ $Cand_1$		*
$Cand_2$	*!	

(4)에서 $Cand_1$과 $Cand_2$는 각각 제약 B와 A를 위반한다. 그러나 이 언어에서 /in_k/에 대한 실제 출력형은 $Cand_1$이며 이 사실을 통해 제약 A가 제약 B보다 상위 등급을 가지고 있음이 판명된다. 그리고 이 경우 제약 A가 B를 지배(dominate)한다고 하고 A≫B로 나타낸다. (4)의 경우 제약 A에 대한 위반은 치명적이므로 * 표시 외에 ! 표시가 추가된다. 또한 상위 제약의 위반 여부로 이미 최적형의 선택이 결정되어 있으므로 하위 제약 B에

대한 평가 영역을 음영으로 표시하여 그 이하 단계의 위반 여부를 고려 대상에서 제외시킨다.

만일 두 개의 후보 가운데 양쪽 모두가 상위 제약을 위반하는 경우에는 그 다음 제약의 위반 여부로 최적성을 판단한다. 다음 표 (5)에서는 제약 A에 의한 평가만으로는 후보 Cand$_1$과 Cand$_1$ 사이에 우열을 가릴 수 없고, 제약 B에 의한 평가를 통해 최적형이 선택됨을 볼 수 있다. 즉, 어떤 후보가 상위 제약을 위반하더라도 경쟁 대상이 되는 후보들이 이를 똑같이 위반할 경우에는 최적형으로 선택될 가능성이 남아 있는 것이다.

(5)

/in$_k$/	A	B
☞ Cand$_1$	*	
Cand$_2$	*	*!

그리고 두 후보가 위반하는 제약의 종류와 수가 동일한 경우에는 해당 제약에 대한 위반의 횟수를 비교하여 최적형을 결정한다.

(6)

/in$_k$/	A	B
☞ Cand$_1$		*
Cand$_2$		**

(6)에서 Cand₁와 Cand₂는 똑같이 제약 A를 준수하고 제약 B를 위반하고 있지만, Cand₁의 제약 B에 대한 위반 횟수가 Cand₂의 위반 횟수보다 적으므로 최적형이 된다.

2.2 생성자의 개념과 역할

초기의 생성음운론이 규칙의 적용 결과에 대해 극도로 한정적인 입장을 취했다면, 최적 이론은 극도로 포괄적인 입장을 취한다.[4] 예를 들어, 규칙 위주의 설명에서 A라는 음운 연결체에 B라는 규칙을 적용하면 그 결과는 반드시 C가 되어야 하며 D나 E가 될 가능성은 없다. 최적 이론에서는 이와 같이 출력형을 결정하는 규칙 대신에 생성자(Gen)이라는 기제를 마련하였다. 생성자는 보편적이고도 기본적인 구조적 원리만을 가지고 입력형에 대해 여러 개의 출력형 후보들을 만들어낸다. 그리고 출력형

---

4) 도출과 평행한 평가 사이의 절충적 입장을 취한 논의도 없지 않다. Paradis(1988) 등에서 발표한 '제약과 보수 전략 이론(Theory of Constraint and Repair Strategies)'에서는, 규칙의 적용은 하나의 보수 작용이며, 보수는 순차적으로 이루어진다. 즉, 생성자는 일차적으로 입력형과 한 가지 면에서만 다른 후보들을 생산하고, 평가자는 이들을 우선적으로 평가한다. 그 중 최적형의 후보가 다시 생성자에 입력되면, 생성자는 2차적으로 후보들을 재생산하고 다시 평가가 이어진다. 이러한 Gen⇒H-eval의 과정은 더 이상의 최적형이 나올 수 없을 때까지 계속된다. 단, 제약은 위반이 불가능한 필수적 제약이라는 것이 단서로 되어 있다. 이러한 설명에서 문제가 되는 것은, 어떤 제약을 만족시키기 위해서 출력형 후보를 보수한 것이, 다른 후보를 위반하는 결과를 가져올 때이다. 이 논문에서는 이 경우를 제약 충돌(constraint conflict)이라고 하고 있는데, 여기서 제시된 제약이 모두 필수적 제약이라는 점에서 모순을 안고 있다.

은 그 중의 어느 하나로 결정되며, 이 최적의 후보를 발견해 내는 것은 제약들에게 달려 있다. 최적 이론에서 제시하는 생성자의 원리는 다음과 같이 정리할 수 있다.

(7) 생성자가 갖는 원칙(Prince & Smolensky, 1993)
    a. 분석의 자유(Freedom of Analysis) : 어떤 구조도 가능하다.
    b. 포함성(Containment) : 입력형 형태에서 어떤 요소도 사라져서는 안 된다. 즉, 입력형은 모든 후보 형태에 포함된다.

위에서, 구조에 대한 분석이 자유롭다는 것은, 출력형 후보에 음절, 모라 등 운율적 구조가 부여될 수 있고, 분절음의 삽입도 가능함을 뜻한다. 이러한 원리 덕분에 특별한 규칙이나 수정 방책 없이도 포괄적 범위의 후보들을 생산하는 것이 가능해진다.

포함성이란, 어떤 입력형에 대한 출력형 후보는 곧 입력형 요소에 대한 구조적 기술 방법이라 할 수 있으므로, 그 구조 안에 입력형의 모든 요소를 포함해야 한다는 말이다. 가령, /txznt/라는 입력형은 어떤 식으로 음절화 되어도 상관없으나, 단, 입력형에 나오는 분절음인 t, x, z, n, t가 모두 포함된 것만이 후보로서 가능하다. 이 때 기저의 분절음은 음절 구조에 연결될 수도 있고 연결되지 않을 수도 있다. 연결되지 않은 분절음은 부유 분절음 삭제 원리에 의해 음성적으로 실현되지 않는 것으로 해석된다. 따라서 이러한 생성자 개념으로 보면, 입력형의 분절음은 삭제되는 것이 아니라, 단지 음절 구조 안에 구성 요소의 하나로 연결되지 않았을 뿐이다.

McCarthy & Prince(1995)에서는 여기에 실현의 일관성(Con-sistency of Exponence)을 덧붙여, 음운론적으로 명시된 형태소가 변화하는 것을 금지했다. 즉, 생성자는 분절음이나 모라 등에 영향을 주지 않는다는 것이다. 특히, 생성자에 의해 놓일 위치가 정해진 삽입음은 어떤 형태론적 정보도 갖지 않는다. 마찬가지로 운율적 구조와 연결되지 못한 음(탈락음)도 형태소의 음성적 실현에 영향을 주기는 하겠지만, 형태소 구성 자체에 영향을 주지는 못한다. 따라서 음운론적 명시가 전혀 없는 중첩 접사 등의 경우를 제외한다면, 일정한 형태소는 기저형에서나 표면형에서나 음소로서의 실현이 동일하다고 보면 된다.

이러한 가정에 따르면, 각각의 입력형은 생성자의 기능에 의해 다양한 구조를 갖는 출력형 후보들과 연결되게 된다. 생성자는, 가령, 음절이 음절 두음(onset)과 음절 말음(coda)을 지배하지만 그 반대의 지배 관계는 없다는 등의 기본적이고 보편적인 관계에 대한 정보로 이루어져 있다. 그러면, 평가자가 이들 후보의 상대적인 적격성을 평가해서 전체 후보들의 점수를 매기고, 가장 적격한 후보가 최적의 출력형이 되는 것이다. 생성자에도 고유의 역할이 부여되어 있기는 하지만, 결국 음운 현상에 대한 모든 설명은 제약으로 이루어진 평가자의 몫이 된다. 이를 간단히 도식화하면 다음과 같다.

(8) 최적 이론의 기본 문법 구조(Prince & Smolensky, 1993)

  a. Gen(In_k) $\rightarrow$ {Out_1, Out_2, ······}

  b. H-eval(Out_i, $1 \leq i \leq \infty$) $\rightarrow$ Out_{real}

또, 규칙 중심의 이론에서 흔히 문제점으로 지적되어온 것 중의 하나는 그 기저형(입력형)의 추상성이다. 그런데, 최적성이론에 따르면 위와 같이 Gen이 여러 가지 형태를 Eval에 대한 대상으로 제공할 뿐 아니라, 입력형의 설정을 담당하는 어휘부에서도 후보형의 설정과 마찬가지로 하나 이상의 형태를 고려할 수 있다. 즉, 규칙 중심의 설명에서는 단 하나의 입력형만이 가능하지만, 최적성이론에서는 다른 형태의 입력형을 사용하더라도 결국 동일한 출력형이 선택될 것이므로 그 이상의 입력형도 고려할 수 있는 것이다. 그러나 입력형 선정에 전혀 원칙이 없는 것은 아니다. Prince & Smolensky(1993)에서 제시한 어휘부 최적화(Lexicon Optimization) 원칙은 입력형의 임의적인 선정을 최대한 배제하도록 하고 있다.

(9) 어휘부 최적화 원칙(Prince & Smolensky, 1993: 192)

　　　몇 가지 다양한 입력형 I_1, I_2, ……, I_n이 있고, 이들 입력형이 문법 G에 의해 출력형 O_1, O_2, ……, O_n과 대응한다고 할 때, 이들 출력형이 모두 같은 음성형으로 실현된다면, 위에 나열한 입력형들은 문법 G의 견지에서 음성적으로 모두 대등한 자격을 갖는다고 볼 수 있다. 그리고 이들 출력형 가운데 어느 하나, 가령 O_k가 제약을 가장 적게 어김으로써 최적형으로 판명된다면. 이 최적형 O_k와 대응하는 입력형 I_k를 음성실현형에 대한 기저형으로 선택하는 것이 자연스럽다.

즉, 입력형 선정은 출력형과의 대응 관계를 고려한 상대적인 것이며, 설명의 간결성을 전제로 이루어진다는 것이다. 어휘부 최적화 원칙에 따르면, 제약의 서열로 이루어진 문법은 올바른 출력형을 이끌어내는 것 뿐 아니라 언어 학습자가 올바른 입력형을 기저형으로 선택하도록 하는 역할도 남당한다.

지금까지 살펴본 최적성이론의 특성을 기존의 생성 이론과 비교하여 정리하면, 첫째, 규칙 기반의 이론에서는 입력형이 하나로 한정되는 것에 반해서 최적성이론에서는 상대적 조화를 감안하여 다양한 입력형이 고려될 수 있다. 둘째, 입력형과 출력형의 관계가 1:1의 연계 관계가 아닌 1:다(多) 관계로 되어 있다. 셋째, 중간 도출 단계를 인정하지 않고 제약의 병렬적 적용으로 언어 현상을 설명한다. 넷째, 위반 불가능한 규칙을 설정하는 대신 위반이 가능한 제약을 설정한다.

2.3 국어의 음운 변동 원리

국어의 음운 변동 현상은 여러 가지 음운론적 제약(구조적 제약)과 형태론적 제약(충실성 제약)을 반영하고 있다. 이들 제약의 상호 작용에 의하여 한 형태의 다양한 실현형을 볼 수 있는 것이다. 그런데, 화자의 입장을 위한 음운론적 제약 가운데에서도 화자의 한정된 조음 능력을 반영하는 제약과 그 밖의 제약은 기능에 있어서 차이를 보인다. 예외를 허락하지 않는 음성적 제약은 이에 어긋나는 요소의 자질 변화를 예측하게 하는 반면, 단지 조음을 좀 더 편하게 하려는 제약이나 식별을 위한 한계를 유지하려는 제약은, 가능한 출력형 후보들 가운데 나은 후보를 택하게 하는 기준으로서 작용할 따름이다.

(10) 제약의 유형

    a. 필수적 제약군: 한 언어 체계 안에서 예외를 허락하지 않는 음성적 제약이 이에 속한다. 즉, 개별 언어 화자의 한정된 조음 능력을 반영하는 제약이다. 등급 상 최상위에 놓이므로 제약 간의 순위를 매길 수 없다.

    b. 선택적 제약군: 한 언어 체계 안에서 예외를 허락하는 제약으로 조음 편의나 의미 전달 강화를 위해 설정되는 제약이다. 제약에 따라 상대적인 중요도를 가지므로 계층적 관계가 수립된다.

2.3.1 변동의 원인과 필수적 제약

형태 정보를 포함한 분절음 연쇄로 이루어진 입력형은, Gen에 의해 가능한 몇 가지 음운 구조를 갖는 후보로 생성된다. 생성된 후보들은 최상위 제약인 필수적 제약들에 의해 우선적으로 그 위반 여부가 검토되게 되는데, 이 때 생성자는 이들의 형태 정보를 볼 수 없는 반면, 평가자(제약)는 입력형의 음운 정보와 형태 정보를 모두 볼 수 있다. 여기서 필수적 제약을 하나라도 위반하는 후보들은 최적형으로 출력될 가능성이 전혀 없다. 가령, '낮'이라는 형태에서 음절 말음을 /ㅈ/ 그대로 발음하기란 불가능하므로, 입력형과는 다른 /낟/이 표면형으로 선택된다. 음운론적 요구를 위해 형태론적 요구를 일부 희생시킨 것이다.

본고에서 다루는 음운 변동 현상의 설명을 위해 요구되는 필수적 제약의 목록을 제시하면 다음과 같다.

(11) 필수적 제약의 목록

ⅰ) *Complex

각 음절 구성단위는 하나의 분절음에만 연결된다.

ⅱ) Coda-Cond

음절 말음(coda) 위치에는 말단 자질(terminal feature)이 명시된 장애음이 올 수 없다.

ⅲ) CS (Consonant Strength)

인접한 두 자음 C_1C_2에서 C_1의 강도는 C_2의 강도보다 낮거나 같다.

ⅳ) Agree-MN

인접한 두 자음의 다른 모든 자질 마디가 동일하게 명시될 때, 그 두 자음의 MN이 차이를 보일 수 없다.

ⅴ) Obst-C

입력형의 구성 요소 a_1과 a_2가 하나의 음운론적 구(Phonological Phrase)에 속하고, 인접한 두 요소의 RN가 무표일 때 a_2에 대응하는 출력형 요소 $β_2$는 [+CG]를 갖는다.

ⅵ) Obst-S

입력형의 요소 a_1a_2에서 a_1의 명시 자질이 [+SG]일 때, a_2에 대응하는 출력형 요소 $β_2$는 [+SG]를 갖는다.

여기서 *Complex 제약 및 Coda-Cond 제약은 음절 구조와 관련한 제약이고, 나머지 제약은 음운 연결에 대한 제약이라고 할 수 있다. 이 가운데 Obst-C 제약과 Obst-S 제약은 표면 구조상의 음운 연결뿐 아니라 출력형과 대응하는 입력형 요소의 연결 정보까지 요구하므로 음운 대응 제약으로 지칭한다.

이러한 제약들은 경우에 따라서 한 가지만이 영향을 미치기도 하고 동시에 여러 가지가 영향을 미치기도 한다. 가령, '읇-'과 같은 형태가 자음으로 시작하는 어미와 연결되면 위에 언급한 필수적 제약 가운데 두 가지 이상이 영향을 미친다. 우선, '읇-'이라는 형태는 자음군을 포함한 동시에 음절 말음 위치에 연결되는 분절음이 [+spread glottis] 자질을 가지고 있으므로 입력형의 형태가 그대로 실현된다면 *Complex 제약과 Coda-Cond 제약을 위반하는 것이 된다. 이 제약들을 만족시키기 위해서는 그 위반 요소가 모두 제거되어야만 하고, 따라서 입력형과 출력형의 차이는 필수적 제약을 하나만 위반하는 경우보다 더 커질 수밖에 없는 것이다. 또한, 그 뒤에 연결된 형태의 실현까지 감안하면 위반되는 제약은 더 늘어날 수도 있다.

필수적 제약 간의 상호 작용은 두 가지 이상의 변동이 동시에 일어나는 현상의 원인으로 작용한다. 가령, 동사 '읽-'이 어미 '-는'과 결합할 때, 자음군 단순화와 더불어 비음화가 일어나는 것은 입력형에 충실한 출력형 후보가 *Complex 제약과 *CS 제약을 위반하고 있으며, 가능한 여러 후보들 가운데 이 두 제약을 모두 지키는 후보가 최적형으로 선택되기 때문이다.

2.3.2 변동의 방향과 선택적 제약

앞에서 '낯'이 /낟/으로 발음되는 것은 음운론적 요구 때문임을 보았다. '책'과 주격 조사 '－이'가 결합할 때에 /책이/로 발음되지 않고 /채기/로 발음되는 현상 역시, CV 음절형을 선호하는 음운론적 요구 때문이다. 그러나 '책'을 단독으로 발음할 때, 발음을 편하게 하고자 모음을 삽입하여 /채그/, /채기/ 등으로 발음하지는 않는다. 이와 같이 음운의 삽입이나 탈락, 자질 변화와 같은 변동을 가져올 만큼 강력하지는 않지만, 변동의 방향과 범위에 영향을 미치는 제약들이 있다.

(12) 선택적 제약의 목록
   ⅰ) Onset
      음절은 음절 두음을 가져야 한다
   ⅱ) No Coda
      음절은 음절 말음을 가져서는 안 된다.
   ⅲ) Max-IO
      입력형에 나타난 모든 분절음은 출력형에 대응되는 요소를 가져야 한다.
   ⅳ) Max-IO(X-PN)
      입력형에서 PN(조음 위치 마디)가 명시된 분절음은 출력형에서 그 대응소를 갖는다.
   ⅴ) Dep-IO
      출력형에 나타난 모든 분절음은 입력형에 대응되는 요소를 가져야 한다.

vi) Ident-IO(F)

입력형의 한 분절음이 갖고 있는 자질 값은 출력형에서 그 대응소가 갖는 자질 값과 동일하다.

vii) UE(Uniform Exponence)

어느 한 어휘 항목이 실현될 때 실현형들 사이의 차이를 최소화하라.

viii) Align-R

$_{Wd}] = _\sigma]$

단어의 오른쪽 끝을 음절의 오른쪽 끝과 일치시켜라.

ix) Mark

입력형의 인접 요소 a_1a_2에서 동일 조음 마디에 대하여 a_1이 a_2보다 유표적일 때, a_1에 대응하는 출력형 요소 β_1은 해당 마디가 무표일 수 없다.

x) *$[_\sigma C$

삽입 마디는 음절 두음과 대응할 수 없다.

xi) Ons-Cond

입력형의 $[_{Wd}$ l 은 출력형의 /l/과 대응할 수 없다.

xii) OCP

자질 층렬에서 동일 요소의 인접을 금지하라.

이 가운데 Onset, No Coda, Mark 제약은 화자의 입장을 위한 조음 편의 제약에 속하고, 나머지 제약은 청자의 입장을 위한 충실성 제약 및 분별 제약에 속한다. 이들 제약은 중요도에 따라 계층을 이루고 있으며, 상위의 제약을 준수하기 위해서는 위반될 수도 있다. 따라서 최적형으로 선택된 후보들이 위의 제약을 모두 지키는 것은 아니다. 다만, 가능한 한 적게 위반되어야 하므로, 변동에 한계와 방향을 정하는 역할을 한다. 가령, '국물'에 속해 있는 /-km-/이라는 음운 연쇄를 피하는 방법에는, 두 자음 가운데 하나를 탈락시키는 방법도 있고, /k/를 비음화 하는 방법도 있다. 그런데, 실제 발화에서 /kuŋmul/로 실현되는 이유는 분절음 탈락을 금지하는 제약이 음운 자질 변화를 금지하는 제약보다 더 중요하기 때문이다.

충실성 제약은 입력형과 출력형 사이의 차이를 최소화하는 역할을 할 뿐 아니라, 출력형들 사이의 차이도 제한한다. 예를 들어, 용언의 활용에서는 동일 자질의 인접을 금지하는 제약이 유표적 분절음의 실현을 방해하는 현상이 있는데(읽다/익따/, 읽지/익찌/, 읽고/일꼬/), 체언의 경우에는 이 현상이 발견되지 않는다(닭도/닥또/, 닭과/닥꽈/, *달과/). 이것은, 체언의 경우에 개별 어휘의 실현형을 통일하려는 제약이 용언의 경우보다 광범위하게 적용되고 있기 때문으로 볼 수 있다. 따라서 충실성 제약은 입력형과 출력형 간에만 설정되는 것이 아니라 출력형과 출력형 사이에도 설정된다.

2.3.3 사전의 구조

필수적 제약군과 선택적 제약군으로 이루어진 평가부는, 사전에 등재되어 있는 음운 정보 및 형태 정보를 바탕으로 후보의 적형성을 평가한다. 음운 정보는 분절음 고유의 자질 명시 데이터로 이루어져 있으며, 형태 정보는 형태·통사적 경계 표시를 포함한다.

분절음의 변별 자질은 계층적 구조를 이루고 있고, 잠재 표기 원칙에 따라 명시된다. 이것은, 서로 관련 있는 자질들끼리 무리를 형성하여 계층적 구조를 이루고 있다는 계층적 자질 이론(Feature Geometry Theory)[5]과 예측 가능한 자질을 기저형에서 생략하는 잠재 표기 이론(Underspecification Theory)[6]의 가정에 따른 것이다. 잠재 표기는 단순히 표기의 편리만이 아니라 규칙의 특성 자체를 명료하게 제시할 수 있게 하므로, 변동의 방향에 원리를 제공하여, 일괄적 처리를 가능하게 한다.

음운 변동과 관련한 형태·통사적 경계는 어휘 형태소 경계와 기능 형태소 경계, 그리고 어간과 어미 사이의 경계로 분류된다. 어휘 형태소는 어근 및 어휘 접사로 구성되며, 어휘 접사는 생성 형태론에서 어휘적 접사[7]로 분류하는 '-어치, -아지, -질, -뱅이' 등 실질적 의미를 지닌 접사와 독립격에 속하는 호격 조사를 포함한다. 기능 형태소는 관계격(case-relationship)에 속하는 격조사와 파생 접사로 구성된다. 여기서 파생 접사란 생성 형태론에서 통사적 기능 접사로 분류되는 접사를 가리키는 것으로. 명사 파생의 기능을 가진 '-이' 등이 이에 포함된다. 어휘 형태소는 그 양쪽에 [ ] 경계를 갖도록 하며, 기능 형태소는 어휘 형태소와 결합되는 반대편에] 경계를 설정한다. |는 용언 어간과 어미의 경계를 표시한다.

---

5) Clement(1985, 1989), Sagey(1986), Steriade(1987), McCarthy(1988) 등 참조.
6) Archangeli(1984), Archangeli & Pulleyblank(1986), Pulleyblank(1983) 등 참조.
7) 시정곤(1994: 32-41) 참조.

3. 음절 구조 제약에 의한 변동

이 장에서는 국어의 음운 변동 현상 가운데 음절 구조와 관련한 현상을 살피고 2장에서 제시한 이론 틀에 비추어 이를 설명하기로 한다. 연음 및 음절말 자음의 중화, 자음군 단순화를 보이는 자료들의 분석을 통해 국어에서 선호되는 음절 유형 및 금지되는 음절 구조를 알아보고, 올바른 출력형을 이끌어내기 위한 제약의 종류와 위계를 세우는 한편, 변동의 일반적인 방향을 밝히려고 한다.

3.1 연음

우리가 설정하는 입력형은 분절음의 연속체로 되어 있으며, 이것은 출력형에서 어떻게든 음절을 이룬다. 일반적으로, 음절은 음절핵(Nucleus)과 음절 두음(Onset), 그리고 음절 말음(Coda)의 세 요소로 이루어져 있고, 이들 세 요소는 음절 마디(σ)로부터 관할된다고 보고 있다.[8] 그리고 각각의 위치 마디(Nuc, Ons, Cod)는 분절음들, 즉, C또는 V를 관할하도록 되어 있다(Kirchner 1992, Hung 1992, McCarthy & Prince 1993b). 이러한 가정을 기반으로

---

8) 음절핵과 주변 마디가 어떤 구조를 이루고 있느냐에 대해서, 이분지 구조를 주장하는 입장과 삼분지 구조를 주장하는 입장이 대립되고 있고, 이분지 구조에서도 우분지설과 좌분지설이 대립되고 있으나, 본고의 논의에 크게 영향을 미치지 않으므로 자세한 논의는 생략한다.

국어에서 선호되는 음절 유형 및 여기에 작용하는 제약과 그 순위를 알아보기로 하자.

모든 언어에 나타나는 가장 무표적인 음절 유형으로 CV형을 꼽는 것은 널리 받아들여지고 있는 견해이다. 이것은 Jakobson (1962)에서 지적했듯이 모음으로 시작되는 음절이나 자음으로 끝나는 음절을 갖고 있지 않은 언어는 있어도 자음으로 시작하는 음절이나 모음으로 끝나는 음절을 갖고 있지 않은 언어는 없다는 사실로써 입증된다. 즉, 음절 두음(onset)에 관해서는 필수냐 선택이냐 하는 조건이 작용하고, 음절 말음(coda)에 대해서는 허용이냐 금지냐 하는 조건이 작용한다는 것이다. 이러한 음절 두음과 말음에 대한 조건을 근간으로 언어 유형을 분류하면 경우의 수는 다음 4가지가 된다.

(1) 음절 두음이 필수적이고 말음이 금지되는 유형
    CV 구조의 음절을 가진 언어
(2) 음절 두음이 필수적이고 말음이 선택적인 유형
    CV(C) 구조의 음절을 가진 언어
(3) 음절 두음이 선택적이고 말음이 금지되는 유형
    (C)V 구조의 음절을 가진 언어
(4) 음절 두음과 말음이 선택적인 유형
    (C)V(C) 구조의 음절을 가진 언어

이와 같이 언어마다 허용하는 음절의 종류가 다른 것을 유형화하기 위하여 Prince & Smolensky(1993)에서는 무표적 음절로 만들기 위한 요구와 출력형을 입력형에 충실하게 하고자 하는 요구를 제약으로 설정해 개별 언어에서 이들 간의 지배 관계를

보인 바 있고, McCarthy & Prince(1995)에서는 충실성 제약을
대응의 관점에서 재정립하였다. 여기서 제시된 언어 보편적인 음
절 구조 제약과 충실성 제약은 다음과 같은 내용으로 되어 있다.

  (5) 음절 구조 제약

    ⅰ) Onset : 모든 음절은 음절초 자음을 가져야 한다.

    ⅱ) No Coda : 음절은 음절말 자음을 가지지 않는다.

    ⅲ) *Complex : 각 음절 구성단위는 하나의 분절음에만 연
           결된다.

    ⅳ) *P : 음절핵(peak)에는 공명도가 가장 높은 분절음이 위
        치한다.

    ⅴ) *M : 음절비핵(margin)인 음절 두음(onset)이나 음절 말
        음(coda)에는 공명도가 가장 작은 분절음이 위치한다.

  (6) 충실성 제약

    ⅰ) Max-IO : 입력형에 나타난 모든 분절음은 출력형에 대
        응되는 요소를 가져야 한다.

    ⅱ) Dep-IO : 출력형에 나타난 모든 분절음은 입력형에 대
        응되는 요소를 가져야 한다.

    ⅲ) Ident-IO(F) : 입력형의 한 분절음이 갖고 있는 자질 값
        은 출력형에서 그 대응소가 갖는 자질 값과 동일
        하다.

  국어는 앞에서 제시한 4가지 언어 유형 가운데 (4)번, 즉,
(C)V(C) 구조의 음절을 가진 언어이다. 따라서 무표적 음절로
만들고자 하는 두 가지 제약(Onset 및 No Coda)이 충실성 제약
보다 하위에 있음을 짐작할 수 있다. 그렇다고는 하나, 충실성

제약을 지키는 한도 내에서 무표적 음절인 CV형을 지향하는 데 에는 국어 역시 예외가 아님이 다음 예들에서 쉽게 드러난다.

(7) a. 인종 /inčoŋ/   b. 돌로 /tollo/

(8) a. 아기 /aki/   b. 입이 /ipi/

(9) a. 고안 /koan/   b. 나무에 /namue/

국어에서는 (7)과 같이 $-V_1C_1C_2V_2-$의 연쇄가 발견되는 경우에 는 음절 경계가 C_1과 C_2 사이에 놓인다. 즉, C_1은 점약음으로 C_2 는 점강음으로 발음된다. 이러한 현상은 형태소 안에서나 형태소 경계를 넘어서나 마찬가지로 나타난다. 그리고 (8)의 경우와 같 이 $-V_1CV_2-$, 즉, 모음 사이에 자음이 하나만 놓인 경우 C는 V_2 의 두음으로 발음된다. 따라서 '입+이' /i-pi/와 같이 C와 V_2 사 이에 형태소 경계가 있는 경우에는 음절 경계와 형태소 경계가 일치하지 않게 된다. (9)의 예는 두 모음 사이에 자음이 하나도 없는 $-V_1V_2-$의 경우로, V_1과 V_2 사이에 음절 경계가 온다. 그런 데 이와 같이 모음이 연속되는 경우 음절을 나누는 것은 어느 정도 의식적인 노력이 요구되므로 되도록 이를 피하려는 회피 현상이 다른 변동을 일으키게 된다.9)

위의 자료에서 좀 더 살펴볼 부분은, 어떤 자음이 음절 두음 혹은 말음의 위치를 차지하는 것이 두 가지 다 가능한 (8)의 경 우이다. 우리가 설정한 입력형은 자음과 모음의 연속체로 되어 있으며 이것은 출력형에서 어떻게든 음절을 이룬다. 여기서 올바

---

9) 모음 충돌 회피 현상은 국어에서 흔히 활음화나 모음 탈락의 형태 로 나타나며 모두 표기에 반영되어 본 논문의 논의 대상에서 제외 되므로 이에 대한 자세한 설명은 생략한다.

른 후보가 출력형으로 선택되기 위해서는 No Coda 제약이 요구된다. 물론 이 언어 보편적 제약은 다른 상위 제약, 예를 들어 충실성 제약이 기능하는 경우에는 흔히 위반된다. 그러나 (8)의 경우에 자음이 음절 두음으로 기능하며 이 현상은 형태소 경계를 넘어서도 적용되는 것을 보면, 음절 말음을 회피하려는 제약이 음절 경계와 형태소 경계를 일치시키려는 제약의 우위에 존재하는 것이 분명하다. 여기서는 No Coda 제약만으로 올바른 후보의 선택이 가능하므로, 이 제약이 음절 형성 과정에서 작용하는 양상을 다음과 같이 나타낼 수 있다.

(10)

〖 aki 〗	No Coda
a. ak.i	*
b. ☞ a.ki	

(11)

〖 ip	i 〗	No Coda
a. ip.i	*
b. ☞ i.pi	

(10)의 경우는 입력형이 단일 형태로 구성되어 있으므로 형태 경계는 보이지 않는다. (11)은 소위 연음이 일어나는 경우로서 형태 경계와 음절 경계의 불일치를 보여준다. 즉, 음절화는 형태

경계와 무관하게 진행되며 여기에 영향을 미치는 것은 단지 음
절 말음을 최소화하려는 제약뿐임을 알 수 있다.

음절 말음을 최소로 하려는 제약은 다음에서 볼 수 있듯이 변
동을 일으키는 원인은 되지 못한다.

(12)

[tol ǀ lo]	*Complex	Max-IO	Dep-IO	No Coda
a. to.llo	*!			
b. to.lo		*!		
c. to.li̇.lo			*!	
d. ☞ tol.lo				*

후보 (12a-c)는 모두 음절 말음을 갖지 않고 있으나, 이 중
(12a)는 필수적 제약을 위반하고 있고, (12b-c)는 입력형의 요소
가 출력형에 대응소를 갖지 못하거나, 입력형에 없는 요소가 출
력형에 삽입되어 있어 입력형과의 충실성 제약을 위반한다. 따라
서 No Coda 제약은 발음을 편하게 하되 입력형과의 충실성 조
건을 지키는 한도 내에서만 영향을 미치는 하위 제약임을 알 수
있다.

지금까지 살펴 본 예들은 입력형의 모든 요소가 출력형에서
음절상의 마디에 연결된 것 외에는 원래의 모습을 그대로 유지
하고 있는 것들이다. 이와는 달리 '부엌~부엌안', '꽃~꽃아',
'값~값어치' 등에서는 하나의 분절음이 음절 말음 위치에서 두
음 위치로 이동할 뿐 아니라 원래의 음가를 유지하지 못한다. 다
음 장에서는 이들에 대해 다루기로 한다.

3.2 음절말 자음의 중화

중화란 음운 체계상 변별력을 가지고 있던 두 음소가 일정한 자리에서 변별적 기능을 잃어버리는 현상을 가리킨다. 국어음운 론에서는 주로, 장애음들이 자음이나 휴지 앞에서 그 변별력을 상실하는 경우를 일컬어 왔다.10) 이 같은 논의에서 주된 논쟁거 리가 되었던 점은 중화된 음의 음성적 실체와 중화의 환경에 대한 기술이 갖는 문제점 등이었다. 본고에서는 우선 중화된 음들 이 갖는 공통적 자질 및 중화되기 전과 후의 음소들의 대응 관 계를 밝히고, 이어서 환경과 관련한 입력형의 기술에 초점을 맞 추어 논의를 진행하도록 하겠다.

3.2.1 음절 말음 조건과 변동 원리

국어의 자음 가운데 공명음(/ㄴ/, /ㅁ/, /ㅇ/, /ㄹ/)은 모두 음절 말에 나타날 수 있는데 장애음은 /ㄱ/, /ㄷ/, /ㅂ/만이 음절말에 나타날 수 있다. 즉, 나머지 장애음을 음절말 위치에서 일부 자 질이 탈락하는 변동을 겪는 것이다. 장애음의 음절말 위치에서의 실현 양상을 정리하면 다음과 같다.

---

10) 중화는 프라그 학파의 음운 대립의 이론에서 나온 개념으로 원래 양면 대립, 유무 대립, 비례 대립을 모두 갖추어 상관을 이룰 때에 만 적용되는 개념이었다. 따라서 이승재(1980)에서는 'ㅅ'과 'ㅌ'이 이 세 가지 대립을 만족시킨다고 볼 수 없으므로, 중화라는 용어보 다는 '내파, 불파, 미파' 등의 용어를 사용하는 것이 옳다고 보았다.

(13)　　ㄱ　ㄲ　ㅋ　⎫
　　　　ㄷ　　　ㅌ　⎪　→　ㄱ
　　　　ㅈ　　　ㅊ　⎬　→　ㄷ11)
　　　　ㅅ　ㅆ　　　⎪
　　　　　　　　ㅎ　⎭
　　　　ㅂ　　　ㅍ　　　→　ㅂ

위에 보인 국어의 장애음은 평음, 경음, 격음의 세 계열로 이
루어져 있는데, 이들 세 계열의 장애음이 완전하게 실현되려면
해당 자음이 완전히 파열되어야만 한다. 따라서 폐쇄가 일어난
직후에 모음이 이어지지 않고 공기의 통로가 차단된다면 해당
조음 위치의 불파음으로 실현되며 이들 사이의 변별성이 없어진
다. 마찰음도 이와 같은 상태에서 마찰성을 유지할 수 없으므로
동일한 조음 위치에서 생산되는 장애음의 불파음으로 실현된다
고 볼 수 있다. 그러나 파찰음의 경우에는 불파뿐 아니라 조음
위치의 변동(구개→치조)까지 일어나, 이러한 특수성을 어떻게
설명할 것인지가 문제가 된다.

　배주채(1992)에서는 /ㅈ/ 등 파찰음의 조음 위치가 음성적으로

---

11) 치음 및 치경음 계열이 자음 앞에서 /ㄷ/으로 중화한다는 것은 거
　의 정설로 받아들여지고 있기는 하지만, 이들 자음이 치음 앞에서
　도 /ㄷ/으로 실현되는지의 여부는 확실치 않다. 가령, '풋과일', '꽃
　받침' 등에서는 /ㅅ/, /ㅈ/이 확실히 불파음으로 실현되지만, '풋사
　과', '꽃송이' 등 치음이 후행하는 경우에는 설첨 또는 치경에서의
　폐쇄가 없이 성문 폐쇄로 선행 음절이 종지되고 있는 것이다. 그
　이유는 후행음이 마찰음인 경우에, 폐쇄음이나 파찰음인 경우와 달
　리 공기의 통로가 완전히 차단되지 않기 때문인 것으로 일단 추정
　해 볼 수 있겠으나, 이 경우의 음을 /ㅅ/ 또는 /ㄷ/의 이음으로 볼
　것인지 아니면 제3의 음소로 볼 것인지에 대해서는 더 많은 논의가
　필요하다. (안상철 1985, 김종미 1986, 김정수 1987 등 참조)

구개인 것은 사실이지만 음운론적으로는 /ㅅ/과 함께 치조음으로 묶일 수 있다고 하고 그 이유로 국어에 치조폐쇄음이 존재하지 않는다는 점을 들었다. /ㄷ/, /ㅅ/과 /ㅈ/이 변별되는 것은 파찰음이냐 아니냐에 달린 것이지 조음 위치에 달린 것은 아니므로 이들의 조음 위치는 치조와 구개를 포함한 前舌로 볼 수 있다는 것이다. 이러한 관점은 계층적 자질 이론의 틀에서 본다면 좀 더 구체화될 수 있다. Sagey(1986)와 Clements(1989)를 비롯한 논문에서 밝혀진 바와 같이 [+anterior]는 [+coronal]의 지배를 받는 것으로 Coronal 마디의 하위에 위치한다.12) 즉, 국어의 치조음과 파찰음은 조음 위치 마디의 [+coronal] 자질을 공통적으로 가지고 있다. 따라서 국어의 파찰음이 음절말에서 중화하는 경우에 조음 위치의 변동은 음운론적으로 굳이 기술할 필요가

---

12) Sagey(1986)에서는 주로 음성학에 근거한 다음과 같은 자질수형도를 내놓았다. 일부 자질들의 층위와 개별 언어의 자질수형도는 학자에 따라 다르게 나타나지만, 조음 위치 자질들 간의 층위를 제외하고는 본고의 기술 방향에 크게 영향을 미치지 않으므로 자세한 논의는 생략한다.

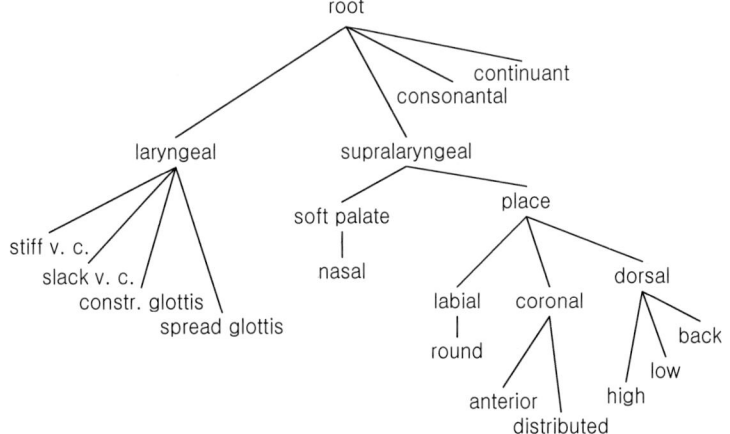

없는 잉여적인 정보가 된다.

환경에 대한 기술을 제외하고 이상의 중화 과정을 종합해 보면, 중화란 장애음이 [+spread glottis], [+constricted glottis], [+continuant] 자질을 잃어버리게 되는 것을 의미한다. 따라서 다음과 같은 형식화가 가능하다.

(14) 중 화

$$[-son] \rightarrow \begin{bmatrix} -SG \\ -CG \\ -cont \end{bmatrix}$$

그러나 위의 규칙이 밝히지 못하고 있는 것은 탈락하는 자질들 간의 공통점이다. 즉, 어째서 다른 자질이 아닌 위의 세 자질이 탈락하는가 하는 이유는 위의 기술 방법으로는 전혀 드러나지 않는다. 그런데 이 문제는 계층적 자질의 잠재 표기를 통해 의외로 쉽게 해결된다. 잠재 표기를 이용한 국어 자음의 계층적 자질 명시가 음절말 중화의 방향에 일관성이 있음을 입증해 주는 것이다.

언어 보편적으로 가장 무표적인 음소는 /t/이며 국어에서도 /t/를 무표음으로 보는 것이 일반적이다. 따라서 /t/의 모든 자질 마디와 각각의 분절음에서 /t/와 동일한 자질을 갖는 마디는 미명시 될 수 있다. 또한 공명음에 속하는 비음과 유음의 구별은 조음 방식 자질에 의해 가능하고, 비음에 속하는 분절음 사이의 구별은 조음 위치 자질만으로 가능하므로 이를 제외한 나머지 자질을 미명시하는 최대 잠재 표기 양식13)을 취하면 국어 자음의 계층적 자질은 다음과 같다.

―――――――――――――

13) Mohanan(1991) 참조.

(15) 국어 자음의 자질 표기

	RN	LN	MN	PN	PPN
/p/				lab	
/p'/		[+CG]		lab	
/pʰ/		[+SG]		lab	
/t/					
/t'/		[+CG]			
/tʰ/		[+SG]			
/k/				dor	
/k'/		[+CG]		dor	
/kʰ/		[+SG]		dor	
/č/			[+cont]		[−ant]
/č'/		[+CG]	[+cont]		[−ant]
/čʰ/		[+SG]	[+cont]		[−ant]
/s/			[+cont]		
/s'/		[+CG]	[+cont]		
/m/	[+son]			lab	
/n/	[+son]				
/ŋ/	[+son]			dor	
/l/	[+son]		[+lat]		
/h/		[+SG]			

RN=root node

LN=laryngeal node

MN=manner node

PN=place node

PPN=primary place node

[son] sonorant

[CG] contricted glottis

[SG] spread glottis

[cont] continuant

[ant] anterior

[lat] lateral

lab ·labial

dor dorsal

위와 같은 위계상의 자질 표기를 보면, 장애음을 위해 명시된 자질 가운데에서 음절 말음 위치에 올 수 없는 것은 말단에 위치한 자질 마디임을 알 수 있다. 즉, 조음 위치 자질 마디(PN)만이 그대로 유지되고, 조음 방식 자질 마디(MN)와 후두 자질 마디(LN), 그리고 조음 위치 마디의 지배를 받는 하위 조음 위치 자질 마디(PPN)에 명시된 자질이 삭제되는 것이다. 그 빈자리에 무표적 자질 값이 잠재 표기되어 있는 것으로 보면, 말단 자질 삭제 후 해당 분절음이 갖는 음가는 중화된 분절음의 음가를 나타낸다. 따라서 우리는 국어의 음절 말음 조건(Coda-Cond)을 다음과 같이 정의함으로써 중화 현상의 일반적 경향을 포착할 수 있다.

(16) Coda-Cond

　음절 말음(coda) 위치에는 말단 자질(terminal feature)이 명시된 장애음이 올 수 없다.

앞서 제시한 No Coda 제약과는 달리, 이 제약은 국어 화자의 한정된 조음 능력을 반영하는 음성 제약이므로 어느 경우에도 위반되는 일이 없다. 따라서 앞으로 제시할 다른 음성 제약들과 함께 가장 상위에 놓이게 된다. 그리고 이 제약을 위반하지 않기 위해서는 다른 하위 제약의 위반을 감수할 수도 있다. 음절 말음이 위 (16)의 조건에 맞지 않을 경우, 출력형이 입력형에 완벽하게 충실한 형태가 되기를 기대하기란 어렵다. 즉, 다음과 같은 충실성 조건에 대한 위배를 최소로 하면서, 보다 상위 제약인 음절 말음 조건을 지키는 형태가 최적형이 될 것이다.

'낯'/$nač^h$/을 예로 들어 보자. 입력형 /$nač^h$/에 충실한 후보는 최상위의 음절 말음 제약을 위반하고 있으므로 적형으로 선택될 가능성은 없어 보인다. 따라서 다른 여러 후보들 가운데 하나가 실제 출력형으로 실현된다. 앞에 제시한 제약에 의하면, 이들 후보들에 대한 평가는 다음과 같이 나타날 것이다.

(17)

[nač^h]	Coda-Cond	Ident-IO(F)
a. nač^h	*!	
b. nač	*!	*
c. nač'	*!	**
d. nat^h	*!	**
e. ☞ nat		***
f. nak		****!
g. nam		****!*

(17a-d)의 후보는 모두 음절 말음 조건(Coda-Cond)을 어기고 있으므로(여기서 !는 그 위반이 치명적임을 나타낸다.) 더 이상 하위 제약의 준수 여부를 고려할 필요가 없다. (17e)에서는 입력형의 /č^h/에 대응하는 분절음이 원래의 분절음과는 달리 [-SG], [-cont], [+ant]의 자질 값을 가지므로 Ident-IO(F) 제약을 세 번 위반하는 셈이 된다. 그러나 이 후보는 보다 상위의 제약인 Coda-Cond를 지키고 있고, Coda-Cond 제약을 역시 지키고 있는 다른 후보들(17f-g)과 비교할 때, Ident-IO(F) 제약을 가장 적게 위반하고 있으므로, 결국 최적의 형태로 여겨지는 것이다.

3.2.2 중화의 환경

지금까지 중화란 음절 말음 조건(Coda-Cond) 및 입력형과 출력형 사이의 충실성 조건(Ident-IO(F))에 의한 변동으로 설명되었다. 즉, 음절 말음 위치에서 특정 자질을 유지할 수 없도록 하는 제약이 부분적으로 자질의 변화를 가져왔다는 말이 된다. 그런데, 다음 예들을 보면 이 두 가지 제약만으로 설명하기 어려운 면이 있다.

(18) a. 겉옷 /kətot/   옷오르다 /otolita/
     b. 부엌안 /puəkan/   끝 아니다 /k'itanita/

3.1.에서 우리는 국어가 CV 음절형을 지향한다는 사실, 즉, 되도록 음절 말음을 갖지 않으려는 성향이 있음을 보았다. 위에 보인 자료도 같은 맥락에 있으리라는 것을 예상하면, (18a)에 보이는 'ㅌ'과 'ㅊ'이 중화하는 것은 예외적 현상으로 보인다. No Coda 제약에 의하면 (18a)에서 'ㅌ'과 'ㅊ'은 후행 음절의 두음(onset) 위치를 차지하게 되는데, 그럼에도 불구하고 음절 말음 위치에서의 분절음과 같은 양상을 보이기 때문이다. 이러한 현상은 합성어뿐 아니라 (18b)에서처럼 단어 경계에서도 의식적으로 休止를 두지 않는 한 마찬가지로 일어난다.

중화의 환경과 관련한 기존의 견해는 크게 두 가지로 대립된다. 한쪽은 '休止나 자음 앞'을 주장하는 쪽이고, 다른 한쪽은 '음절 경계 앞'을 주장하는 쪽이다. 전자의 입장을 취하는 구조주의 음운학에서는 중화 현상에 대해 다음과 같이 기술하고 있다.

　　“독립할 수 있는 낱말이 합성할 때는, 아랫말의 첫소리가
모음일지라도 이러한 귀착 현상이 일어나는데, 그것은 두 말
사이에 휴식을 둘 수 있기 때문이다. (체언과 조사, 용언의
어간과 어미 사이에는 이러한 휴식을 둘 수 없다.) ……귀착
은 음성적 조건(뒤에 휴식이 온다거나 자음이 온다거나 하
는)에 의한 변동이며, 그리고 이것은 필연적 보편적 성격을
띠고 있다.”(허웅, 1965:246-247)

　　위의 견해를 요약하면 중화는 자음이나 휴식(pause)에 의한
음성적 현상이라는 것이다. 그러나 여기서 문제가 되는 것은, ‘겉
옷’과 같은 합성어에서 음성적인 휴식이 실재하는가 하는 점과
‘－아’와 같은 호격 조사 또는 ‘－어치’와 같은 접사를 독립할 수
있는 낱말로 보는 것이 타당한가 하는 점이다. 그리고 ‘자음이나
휴식’이 자연 부류로 묶일 수 없다는 점이 부담으로 남는다.

　　한편, Kim & Shibatani(1976)을 비롯한 생성음운론의 관점에서
는, 중화의 환경에 대해 후자의 입장을 취한다. Kim & Shibatani
(1976)의 가정은 합성어의 경우 다음과 같은 세 가지 규칙에 의해
중화가 일어난다는 것이다.

　(19) 통사 성분 음절화 규칙($\parallel$ 는 어말, ## 는 주요 통사 성분
　　　을 표시함.)

$$\emptyset \rightarrow \$ \, / \, \underline{\quad} \, \left\{ \begin{matrix} \parallel \\ \#\# \end{matrix} \right\}$$

(20) 음절말 조정 규칙

$$[\text{-son}] \rightarrow \begin{bmatrix} \text{-release} \\ \text{-tense} \\ \text{-cont} \\ \text{-strid} \end{bmatrix}$$

(21) 분절음 음절화 규칙

$$\varnothing \rightarrow \$ / \underline{\quad} (C)(G)V$$

이 논문에서 실제로 제시한 자료인 '젖어미'를 예로 들면, 이것은 '##젖##어미##'와 같은 통사 구조를 가지므로, 통사 성분 음절화 규칙과 음절말 중화를 거친 후에 다시 분절음 음절화 규칙의 적용을 받게 된다. 즉, 음절 경계 앞에서 중화가 일어난다는 생각을 고수하면서, 음절화 과정에 문법적 정보를 관련시키고 있다. 그러나 이러한 설명은 규칙들이 엄격한 적용 순서를 가질 것을 요구한다는 단점이 있다. 위의 세 규칙이 순서대로 적용되지 않는 한 이 논문에서 제시한 자료는 바른 표면형에 이르지 못하게 된다.

배주채(1992)에서는 기존의 음절 경계 환경을 좀 더 정밀화하여 잠재적 음절 경계라는 개념을 도입하였다.14) 여기서 말하는 잠재적 음절 경계란 표면형(출력형)에서 실제 음절 경계로 실현될 가능성을 가진 존재로, 잠재 휴지 또는 단일 자음 앞에 놓인다. 그리고 이 잠재 휴지가 놓이는 것은 김성규(1987)에서 제시한 경계 유형 가운데 ⊕⊕의 경우라고 보았다. 김성규(1987)에

---

14) 경계를 음운 현상의 설명에 이용한 이전의 논의로는 김진우(1970), 김영기(1974) 등을 들 수 있다.

따르면 ⊕는 자립형태소 양쪽에 부여되고, ⊖는 의존형태소가 결합되는 쪽에 설정된다. 예를 들어, '넋없다'의 경우 '넋'이 자립형태소이므로 '⊕넋⊕⊕없⊖⊖다⊕'와 같은 구성이 되며, '넋'과 '없다' 사이에 잠재 휴지가 놓인다는 것이다. 이에 따르면, 도출 과정에 기저 휴지가 있으며 잠재 휴지부여→잠재적 음절 경계의 부여→잠재 휴지의 실현 및 소멸→실제 음절 경계 부여의 단계를 거쳐 음절화가 진행된다. 이러한 복잡한 양상을 띠게 된 이유는 음절말 평폐쇄음화(음절말 중화)는 순전히 음운론적 현상이므로 문법적인 정보를 관련시켜서는 안 된다고 한 데 있다. 그러나 실제 현상은 입력형의 형태 정보를 요구하지 않을 수 없는 바, 도출 과정의 어느 단계에서 잠재적 음절 경계라는 중간적 표시를 설정하여 이 문제를 해결하려 한 것이다.

본고는, 이 잠재 휴지가 놓이는 자리의 통사적 특성이 중화의 환경과 무관하지 않다는 사실에는 동의한다. 그러나 소멸할 수도 있는 기저 휴지를 부여할 때 야기되는 불필요한 과정을 제거하기 위해 형태 정보를 음운 과정에서 직접 이용하도록 할 방침이다. 즉, 입력형과 출력형 요소들 간의 일대일 대응 양상에 관심을 가지고, 도출 과정에 존재한다는 기저 휴지를 입력형에서 포함하도록 하려 한다.

그런데 이러한 음운론적 설명에 앞서 논의되어야 할 것은 합성어 또는 구 구성에 나타나는 중화 음이 음절 구조 안에서 어떤 위치를 차지하는가에 관한 것이다. (18b)에 제시된 바 있는 '부엌안'/puəkan/의 경우, 가상의 형태 '부어간'의 /k/와는 달리, /k/가 명백하게 음절 두음으로 인식된다고 말하기 어렵다. 즉, 선행어의 말음이 결과적으로 후행어와 하나의 음절을 이루기는 하지만 동시에 선행어의 모음에 영향을 미침으로써 선행어의 음절 구성에도 관여한다는 것이다.15) 따라서 이 경우의 /k/는 양음절성16)을 지닌다고 보아야 한다.

그러면 먼저, 앞에서 제시한 제약만을 가지고 '부엌안'의 출력형 후보들을 평가해 보기로 하자. 양음절성을 갖는 요소를 여기서는 > < 사이에 나타내기로 한다. (실선의 왼쪽에 놓인 제약이 오른쪽에 놓인 제약보다 높은 등급의 제약인 데 반하여, 다음 표에서 보이는 두 제약 사이의 점선은, 그 두 제약이 동일 순위에 놓임을 표시한다.)

(22)

[puək^h] [an]	Coda-Cond	Ident-IO(F)	Onset	No Coda
a. pu.ək^h.an	*!		**	**
b. ☞ pu.ə.k^{h}an			*	*
c. pu.ə>k^h<an	*!		*	**
d. pu.ək.an		*	**!	**
e. pu.ə>k<an		*	*	*!*

15) '부엌안'을 휴지(pause) 없이 발음하는 경우에 /k/가 후행어의 음절 두음 위치를 차지함과 동시에 선행어의 마지막 음절의 구성에도 관여한다는 것을 '부어간'이라는 가상의 형태를 발음하는 경우와 비교함으로써 알 수 있다. 음절 유형에 따른 모음의 평균 길이는 V형의 평균 길이를 100%로 잡았을 때, CV형은 79.3%, CVC형은 38.5%로, 주변음을 포함하는 경우 모음의 길이가 짧아진다(구희산, 1998). 그런데 '부엌안'을 발음하는 경우에는 가상의 형태 '부어간'을 발음하는 경우에 비하여 /ə/ 모음의 길이가 다소 짧아지는 양상을 보여, 선행어의 마지막 음절이 말자음(coda)을 포함하고 있음을 알 수 있다.

16) 양음절성은 'money'와 같이 강세 이완 모음 다음에 오는 자음의 분절 문제를 해결하기 위하여 Anderson & Johns(1974)에서 소개되었고, Kahn(1976)에서는 강세 이완 모음이 속한 경우뿐 아니라 'pony'의 [n]의 경우에도 공명도의 홈(trough)이 발견되므로 이를 양음절성에 속하는 것으로 보아야 한다고 주장하였다.

위의 표 (22)에 의하면, 가장 상위 제약인 Coda-Cond를 위반
하는 (22a)와 (22c)를 제외하고 남은 세 후보 가운데, 입력형에
충실하고 음절 말음도 가장 적게 가진 (22b)가 최적형으로 선택
된다. 그러나 앞에서 제시한 자료에서 볼 수 있듯이 실제 출력형
은 이와는 거리가 멀다. 따라서 위에 제시한 제약 외에 또 다른
제약이 작용하고 있음을 알 수 있다.

우선, (18)에서 보인 예들의 특징은, 두 개의 어휘 형태가 연접
해 있다는 점에 있다. 이것은 '부엌＋에(조사)' /puək^{h}e/, '깊＋이
(파생접사)' /kip^{h}i/, '솟＋아(활용어미)' /sosa/ 등의 경우와 대조
해보면 더욱 뚜렷하게 드러난다. 2장에서 언급한 대로, 어휘 형
태소의 양쪽에 ［ ］표시17)를 부여하면 (18)에서 보인 예들은
(23a)와 같이 모두 같은 구성을 보일 것이다.

(23) a. ［겉］ ［옷］ /kətot/   ［옻］ ［오르다］ /otolita/
          ［부엌] ［안］ /puəkan/   ［끝］ ［아니다］ /k'itanita/
      b. ［부엌］에］ /puək^{h}e/   ［깊］이］ /kip^{h}i/
          ［솟］아］ /sosa/

위 (23a)의 예들과 (23b)의 예들을 비교해 보면 선행어 말음의
출력 양상과 형태 경계 사이에 밀접한 관계가 있다. 즉, 앞서 제
시된 표 (22)에서 (22b)가 실제 출력형이 될 수 없는 이유는 두
개의 연접한 경계를 포함하면서도 이 경계가 음절 경계와 일치

---

17) 김성규(1987)에서 제시한 ⊕경계와 비슷한 의미로 볼 수 있으나, 본
   고에서 부여하는 경계 표시는 그 안의 형태가 실질적 어휘 의미를
   갖는다면 양쪽에 어휘 경계 표시를 부여받기 위해 반드시 자립 형
   태일 필요는 없다. 이와 같은 설정의 근거는 '값어치'류와 '부엌안'류
   가 보여주는 동일한 패러다임에 있다.

58

하지 않았기 때문이다. 따라서 최대 폐괄호 구성을 하나의 단어 구성으로 볼 때, 여기에는 다음과 같은 제약이 작용하고 있음을 알 수 있다.

(24) Align-R

$$_{wd}] = _{\sigma}]$$

이것은 단어의 오른쪽 끝이 음절의 오른쪽 끝과 일치할 것을 요구하는 제약으로, 실질적 의미를 갖는 두 개의 어휘 형태가 연접할 때 선행하는 요소의 말음이 그 경계를 그대로 넘지 못하도록 하기 위해 마련된 것이다. 입력형의 두 어휘 형태 경계(‖ ‖) 는 결국 출력형의 음절 경계와 대응하게 된다.

이 제약이 어떻게 기능하는가를 보기 위해 다시 '부엌안'을 예로 들어 보자.

(25)

〖 puək^h 〗〖 an 〗	Coda-Cond	Align-R	Ident-IO(F)	Onset	No Coda
a. pu.ək^h.an	*!			**	**
b. pu.ə.k^{h}an		*!		*	*
c. pu.ə>k^h<an	*!			*	**
d. pu.ək.an			*	**	**!
e. ☞ pu.ə>k<an			*	*	**

(25a)와 (25c)에 나온 후보는 분절음 /kʰ/이 음절 말음 위치에 연결되므로 Coda-Cond 제약을 어겨 탈락한다. 다음으로 (25b)는 입력형의 kʰ] [에 대응하는 분절음 /kʰ/가 음절 두음 위치에 연결됨으로 인해서, 음절 경계(.)와 어휘 형태 경계( ] [ )가 일치하지 않게 된다. (25d)와 (25e)는 둘 다 상위 제약을 지키고는 있지만 CV형의 음절이 선호되는 국어에서는 (25e)가 보다 적형으로 나타난다. 즉, /k/가 양음절성을 지님으로써 음절 말음 조건에 맞는 자질을 갖추었으면서도 두음(onset)이 결여된 음절(V 또는 VC)의 수를 최소로 하고 있기 때문이다. 이러한 결과를 놓고 볼 때,] 경계를 넘을 때와 달리, 하나의 분절음이] [경계를 넘어 다음 음절의 두음으로 실현될 때에는 그 음이 양음절성을 가지며 이로 인해 음절 말음 제약으로부터 영향을 받게 된다고 말할 수 있다.

3.3 자음군 단순화

앞에서 살펴본 음절 구조 제약에 따르면 자음은 휴지 앞에서 하나까지, 그리고 모음 사이에서는 두 개까지 허용될 것임을 짐작할 수 있다. 그러므로 어말 자음군을 포함한 어휘가 모음으로 시작하는 어휘와 연결되지 않는 한 이들 자음군은 원래 모습을 유지할 수 없게 된다. 자음군과 인접한 후행 자음의 경음화 및 비음화 문제는 나중(4.1과 5.1)으로 미루기로 하고. 이 장에서는 입력형의 자음군과 대응하는 출력형의 요소에 초점을 맞춰 논의를 진행하도록 하겠다.

현대 국어에서 쓰이는 자음군은, 그 목록과 실현 양상이 방언에 따라 그리고 개인에 따라 다양하게 나타난다.18) 또한 동일한 자음군이라 해도 뒤따르는 자음의 종류에 따라 단순화의 방향이 달라지는 등 매우 복잡한 양상을 띠고 있다. 일단 개인차를 고려하지 않고, 현재 서울 방언에서 쓰이는 자음군의 목록과 자음 앞에서의 실현 양상을 제시하면 다음과 같다.

(26)

입력형		출력형	체 언	용 언
/ks/	→	/k/	몫	
/nč/	→	/n/		앉 －
/lk/	→	/k/, /l/	닭,	읽 －19)
/lm/	→	/m/	삶,	굶 －
/lp/	→	/p/20)		밟 －
/ls/	→	/l/	곬,	
/lt^h/	→	/l/		핥 －
/lp^h/	→	/p/		읊 －
/ps/	→	/p/	값,	없 －

---

18) 방언에 따라 다르게 나타나는 자음군 단순화 현상은 기존의 선형 이론에서는 규칙을 달리 세우는 수밖에 없었으나, 최적 이론의 틀 안에서 제약 순위를 재배열하는 것으로 간단히 설명된다. Iverson & Lee(1994)에서는 서울 방언의 경우 *Complex≫Parse-Root≫ Coda Sonority≫Peripherality의 제약 순위에 의해, 경상도 방언의 경우 *Complex≫Parse-Root ≫Peripherality≫Coda Sonority의 제 약 순위에 의해 자음군 단순화 양상이 결정된다고 보았고, 탁진영 (1997)에서도 위의 제약 등급에 대해서는 같은 입장을 취하면서, Coda Sonority를 공명도가 높은 자음이 아니라 단순히 공명음을 음절 말음에 실현시킬 것을 요구하는 Parse-CS로 바꿀 것을 제안 했다. 이와 같이 제약 순위를 재배열하는 방법은 방언 간의 차이를 설명하는 데에는 유용할 수 있으나, 하나의 방언 안에서 개별 어휘 가 속한 범주에 따라 자음군 단순화의 양상이 달라지는 이유와 그 방향성을 밝혀주지는 못했다.
19) 용언 어간이 'ㄹㄱ'을 가진 경우에 'ㄷ, ㅅ, ㅈ'으로 시작하는 어미가

위자료에서 '르ㄱ'이 용언 어간에 속하고 'ㄱ'으로 시작하는 어미가 올 때와 용언 '넓-'의 경우를 제외한 나머지 자료를 검토해 보면 입력형의 요소 가운데 출력형에 대응하는 요소를 갖지 못하는 자음은 한결같이 조음 위치가 Cor임을 확인할 수 있다. 즉, 입력형에서 연속한 자음 C_1과 C_2가 둘 다 cor인 /nč/, /ls/, /lt^h/의 경우를 제외하면 출력형으로 실현되는 자음은 모두 조음 위치가 dor이거나 lab인 자음들이다. 이러한 사실은 Iverson & Lee(1994) 및 탁진영(1997), 정명숙(1998) 등에서 주변성(Peripherality) 제약 설정을 통해 지적한 바 있다. 이 제약은 주변 자음(Peripheral: Labial, Dorsal)이 탈락하는 것을 금지시키는 제약으로 자음군 단순화의 방향을 기술하는 데에 매우 유용하다. 그러나 단순히 주변 자음을 출력형에서 실현시키라는 제약으로는, 주변 자음에 비해 조음위치가 cor인 자음이 쉽게 탈락하는 이유가 나타나지 않는다. 따라서 이 부분을 좀 더 명확하게 드러낼 필요가 있다. 본고에서는 이와 관련하여 위 제약의 수정안을 다음과 같이 제시한다.

(27) Max-IO(X-PN)

입력형에서 PN(조음 위치 마디)가 명시된 분절음은 출력형에서 그 대응소를 갖는다.

이미 앞(14)에서 제시한 대로, 자질에 대한 잠재 표기 원칙에 따르면 국어의 분절음에서 무표음 /t/와 동일한 조음 위치 자질을 갖는 /t'/, /t^h/, /č/, /č'/, /č^h/, /s/, /s'/, /n/, /l/는 위치 마디

올 때에는 '르'이 탈락하나, 'ㄱ'으로 시작하는 어미가 올 때에는 예외적으로 'ㄱ'이 탈락한다.

20) 다만, '넓-'은 자음 앞에서 /nəl-/로 발음된다.

(PN)가 미명시 된다. 따라서 자음군을 이루는 두 자음 가운데 위치 마디가 lab로 명시된 /p/, /m/ 및 dor로 명시된 /k/가 남게 될 가능성이 높아지는 것이다. '삶'을 예로 들어서 이 과정을 도표화하면 다음과 같다.

(28)

[salm]	*Complex	Max-IO(X-PN)	Dep-IO
a.　　salm	*!		
b.　　sal		*!	
c. ☞ sam			
d.　　sa.lim			*!

위에서 (28a)는 두 개의 분절음이 하나의 음절 말음에 연결되어 있으므로 필수적 제약을 위반한다. (28a)와 같은 구조를 피하기 위해서는 음절 말음과 연결된 두 분절음 중 하나가 탈락하거나 음절핵과 연결될 수 있는 분절음이 삽입되어야 하는데, (28d)는 Dep-IO 제약에 의해 탈락하고, 남은 두 후보 가운데 조음위치 마디(PN)가 무표인 /l/을 탈락시킨 쪽이 최적형이 된다.

(28)의 경우에는 자음군에 속하는 두 자음 중 어느 쪽도 Coda-Cond에 어긋나는 요소를 지니고 있지 않다. 그러나 동사 '읊-'과 같이 음절 말음 조건에 어긋나는 분절음을 포함하는 입력형의 경우에는 위의 제약만 가지고는 최적형 선택에 어려움이 있다. 다시 말해 '읊-'이 자음으로 시작하는 어미와 결합하는 경우에는 *Complex 제약과 Coda-Cond 제약의 상호 작용에 의해 출력형이 결정되게 된다. 지면상, 평가에 직접적 영향을 미치는 제

약만을 표시하면 그 과정은 다음과 같이 나타날 것이다.

(29)

[ilpʰ⎟	*Complex	Coda-Cond	Max-IO(X-PN)	Ident-IO(F)
a. ilpʰ	*!	*!		
a. il			*!	
b. ipʰ		*!		
c. ☞ ip				*

이와 같은 제약의 순위는, 둘 다 설정음으로 이루어진 자음군 /ㄴㅈ/, /ㄹㅅ/, /ㄹㅌ/의 경우를 설명하는 데에도 무리가 없다. 이들 자음군의 요소 가운데 /ㅈ, ㅅ, ㅌ/은 모두 Coda-Cond에 어긋나고, 중화를 거치더라도 Ident-IO(F)를 위반하게 된다. 따라서 가급적 원형과 동일한 형태가 유지될 수 있는 공명 자음이 선택되는 것이다.

(30)

[kols]	*Complex	Coda-Cond	Max-IO(X-PN)	Ident-IO(F)
a. kols	*!	*!		
b. ☞ kol				
c. kos		*!		
d. kot				*!

64

   (30)의 입력형에 나오는 자음군은 둘 다 조음 위치 자질이 미명시 되어 있으므로 Max-IO(X-PN)은 최적형 선택에 전혀 영향을 미치지 않는다. 그러나 영향을 미치지 않는다고 해도 제약의 위계에는 변함이 없으며 단지 공전하고 있다고 볼 수 있을 것이다.

   이제 남은 문제는 용언 어간 가운데 '르ㄱ'을 가진 '읽-, 맑-, 묽-' 등에 'ㄱ'으로 시작하는 어미가 결합한 '읽고, 맑게, 묽거나' 등에서 자음군이 /l/로 실현되는 현상을 어떻게 볼 것인가 하는 것이다. 이와 같이 동일한 음운의 연쇄를 피하는 현상을 설명하는 데에는 지금까지 필수 굴곡 원리(OCP; Obligatory Contour Principle)가 주로 쓰여 왔다. 필수 굴곡 원리란 운율 층렬에서 인접한 동일 요소는 금지된다는 제약으로 Leben(1973)에서 처음으로 제안된 이래 생성음운론의 발달과 더불어 자질 층렬로 확대 적용되었고, 지금은 언어 보편적 제약으로 받아들여지고 있다.21) 정명숙(1998)에서도 자음군 단순화 현상을 OCP와 연관지어 설명한 바 있다. 여기서는 동일한 자질 표시가 연속적으로 나타날 수 없게 하는 제약을 설정하고 이 제약이 주변성(Peripherality) 제약보다 상위에 옴으로 인해서 */익꼬/와 같은 음운형이 배제된다고 보았다. 그리고 설정음(coronal)의 경우에는 자질 표기상 무표에 해당하므로 두 개가 연속하더라도 OCP 제약을 어기지는 않는다고 설명하였다.

   이미 여러 논의에서 지적되었듯이 자음군 '르ㄱ'이 뒤따르는 음운 환경에 따라 실현되는 음소가 완전히 달라지는 것은 분명히 OCP와 무관하지 않으리라고 보인다. 그러나 OCP를 추가하

---

21) * X X
     | |
  [F][F] (McCarthy, 1986)

는 것만으로는 용언의 경우와 체언의 경우를 일관성 있게 설명
하기 어렵다. 용언의 경우에는 'ㄹ'과 'ㄱ'이 환경에 따라 번갈아
실현되지만, 체언의 경우에는 일관되게 'ㄱ'으로 실현되기 때문이
다. 가령, 체언 어간 '닭'이나 '흙'에 '-과'라는 조사가 결합하거
나 '-도'라는 조사가 결합하거나, 자음군 가운데 그 출력형에서
실현되는 쪽은 언제나 'ㄱ'이다.

(31) 닭과 /takk'wa/   닭도 /takt'o/
    흙과 /hɨkk'wa/   흙도 /hɨkt'o/

따라서 이 경우에 OCP를 차단할 제약이 설정되지 않으면, */달
과/ 또는 */흘도/ 등이 최적형으로 선택되는 일이 일어날 것이다.
 본고에서는 체언의 자음군 단순화 양상이 용언에 비해 일관된
양상으로 나타나는 이유를 계열 체계의 일관성을 유지하려는 작
용 때문이라고 본다. 'ㄹㄱ'과 'ㄱ'이 연결되면, OCP를 충족시키기
위해서는 자음군이 'ㄹ'로 실현되어야 하겠지만, 대부분의 자음
앞에서 'ㄹ'의 실현이 거부되고 'ㄱ'이 실현되므로 그러한 실현의
일관성을 지키려는 의식이 OCP에 우선한다는 것이다.[22] 이와 같
이 특정 형태소의 변이형을 제한하는 방법은 Benua(1995, 1997),
Kenstowicz(1995), Kirchner(1998) 등에서 출력형와 출력형 간의

---

[22] 하나의 어휘소가 그 실현에 있어서 변동을 최소로 하려는 경향이
    있음은 여러 언어에서 확인되어 온 사실이다. 그 한 예로, 스페인어
    의 s-기식음화 현상을 들 수 있다. 스페인어의 일부 방언에서는
    /s/가 음절말 위치에서 원래대로 발음되지 못하고 /h/로 실현되는
    현상이 있는데, 접두사 /des-/는 음절말 위치가 아닌데도 /s/가
    /h/로 실현되는 과도 적용의 예(de.h-e.cho)를 보인다. (Kenstowicz,
    1995 참조).

충실성 제약, 통일성 제약, 또는 이형태 최소화 제약 등으로 제시
된 바 있으며, 계열적 충실성 제약군(paradigmatic faithfulness
constraints)으로 총칭된다. 여기서는 Kenstowicz(1995)의 제안에
따른 다음과 같은 계열적 충실성 제약을 제시하고, 그 기능을 살
펴보기로 하겠다.

(32) UE(Uniform Exponence: 통일성 제약)
　　　어느 한 어휘 항목이 실현될 때 실현형들 사이의 차이
　　를 최소화하라.

통일성 제약은, 다시 말하면, 특정 형태소의 변이형을 제한하
기 위한 것으로, 그 형태소가 일반적으로 어떻게 실현된다는 점
을 전제한 제약이다. 예를 들어 '닭'의 어기(base)는 /tak/이 되
며, '흙'의 어기는 /hik/이 되어 실현형에 영향을 미친다. 아래에
서 용언 어간 '읽-'과 체언 어간 '닭'의 실현 양상을 비교해 보
도록 하자.

(33)

[ilk|ko]	OCP	Max-IO(X-PN)
a. ☞ il.k'o		*
b. 　 ik.k'o	*!	

(34)

〖 talk 〗kwa 〗	UE‑/tak/	OCP	Max‑IO(X‑PN)
a.　　tal.kwa	*!		*
b. ☞ tak.k'wa		*	

먼저 (33a)의 경우, 입력형의 자음군 가운데 PN가 명시된 /k/
가 출력형 가운데 대응 요소를 갖지 못하므로 Max‑IO(X‑PN)을
위반한다. (33b)는 /k/의 대응 요소를 가지고 있으므로 Max‑IO
(X‑PN)를 준수하는 대신, /kk'/ 연쇄가 OCP에 위배된다. 따라서
보다 상위의 제약을 준수하는 (33a)가 최적형으로 선택되는 것이
다. (34)의 경우에도 이 두 제약에 의한 후보들의 평가는 동일하
게 나타난다. 그러나 입력형의 어기가 갖는 특성으로 인하여 앞
의 두 제약에 의한 평가는 영향력을 발휘할 수 없게 된다. 이 경
우에는 다른 출력형들과의 대응 관계가 우선시되므로 어기 /tak/
에 충실한 (34b)가 최적형이 된다.

자음군 단순화에 있어 실현 양상을 일정하게 고정시키려는 경
향은 드물게 특정 용언의 경우에도 나타난다. '넓‑'이 여기에 해
당하며, Max‑IO(X‑PN) 제약에 따라 'ㅂ'가 실현되는 '밟‑'과는
달리, 자음 어미 앞에서 'ㄹ'이 일반적으로 실현된다. 따라서 이
경우에도 UE‑/nəl/이 작용하는 것을 알 수 있다.

(35) 넓고 /nəlk'o/　　넓다 /nəlt'a/　　넓지/nəlč'i/

표준 발음에 따르면, 용언에서의 통일성 제약은 체언에서의 통
일성 제약에 비해 극히 일부에만 영향을 미치는 것으로 되어 있

지만, 방언이나 개인차를 고려하면 통일성 제약은 용언의 경우에도 그 영역을 점차 확대해가고 있는 것으로 보인다. 가령, 용언 '읽-'의 경우, '읽고'에서 뿐 아니라 '읽다, 읽지' 등에서도 'ㄱ' 대신 'ㄹ'이 실현되는 경우가 있다. 그리고 이러한 경향은 젊은 세대로 갈수록 더욱 쉽게 찾아지는 것으로 보아 국어의 어휘소 체계가 단순화하는 방향으로 변화하고 있음을 짐작해 볼 수 있다.

  3장의 논의를 요약하면, 국어의 음절 말음의 변동은 무표적 음절을 만들고자 하는 음운론적 요구와 분절음이 차지하는 음절상의 위치에 따른 음성적 제약, 그리고 형태 경계를 유지하려는 요구에서 비롯한다고 할 수 있다. 즉, 음절 말음을 최소로 하고 음절 두음을 갖추려는 No Coda 제약과 Onset 제약의 작용으로 소위 연음 현상이 일어나며, 음절 말음 조건인 Coda-Cond 제약 및 Max-IO(X-PN) 제약과 입력형의 원래 자질을 최대한 그대로 유지하려는 Ident-IO 제약이 음절말 중화와 자음군 단순화의 방향을 만들어낸다. 그리고 지금까지 줄곧 논란의 대상이 되어왔던 모음 앞의 중화 현상은 무표적 음절에 대한 지향을 드러내는 No Coda 및 Onset 제약과 어휘형태소 사이의 경계에 음절 경계가 올 것을 요구하는 Align-R 제약이 서로 상호 작용한 결과임을 알 수 있었다. 본 논의에서 드러난 제약 간의 등급을 다음에 정리한다. (여기서 a≫b는 a 제약이 b 제약보다 우위에 있음을 의미한다.)

  (36) 필수적 제약

        Coda-Cond, *Complex

(37) 선택적 제약

Align-R, UE≫OCP≫Max-IO(X-PN)≫Max-IO, Dep-IO

≫Ident-IO(F), Onset, No Coda

4. 음운 연결 제약에 의한 변동

이 장에서는 음운 연결 제약과 관련한 변동 현상을 고찰하고 자 한다. 연속적인 발음이 불가능한 음운 연쇄와 이로 인해 일어 나는 음소적 변동의 방향을 밝힌다. 소위 자음 동화로 일컬어지 는 여러 현상 가운데 모음에 의한 자음 동화(구개음화)를 제외 한 제 현상을 분석한다. 구체적으로는 비음화와 유음화 현상이 이에 속하는데, 본고에서는 특히, 비음화의 환경에서 제외되어 왔던 'ㄹ'을 비음화의 환경에 포함시키고, 그 밖의 환경에서 일어 나는 비음화와 동일한 기제로 설명한다. 또한, 비음화와 유음화 의 상관성 및 지배 관계를 밝히는 데에 주력한다.

4.1 비음화

4.1.1 비음화의 원인

비음화란 흔히 후행하는 비음에 의해 선행 음절말의 순자음이 동일 조음 위치의 비음으로 바뀌는 현상이라고 정의되어 왔다. 이 는 범주적 제한을 넘어 적용되는 매우 생산적인 음운 현상이다.

(1) a. 국물 /kuŋmul/
    b. 빗만 /pinman/

c. 읽는 /iŋnin/,   놓는 /nonnin/

d. 밥 먹어 /pamməkə/

위에서 (1a)는 단어 내에서 보여지는 비음화 현상이고 (1b)와 (1c)는 각각 체언 어간과 용언 어간에 조사와 어미가 결합한 형태에 비음화가 적용된 것이다. 체언과 조사가 결합하는 경우에는 용언의 활용형과는 달리 '순자음＋ㄴ'이 입력형이 되는 경우를 고려할 필요가 없는데, 이것은 조사 '－은/는'의 교체가 사전 단계에서 이미 결정되어 있기 때문이다. (1d)는 단어 경계를 넘어 비음화가 진행되는 경우로, 발화 스타일에 따라 비음화가 일어나지 않을 수도 있지만, 의도적으로 끊어서 하는 말이 아닌 일상적인 발화에서는 비음화가 필수적으로 일어난다고 보아도 무방할 듯하다.

국어음운론사에서 비음화에 대한 논의의 시작은 자음접변(주시경, 1914)이라는 광범위한 음운 현상을 지칭하는 말 속에서 발견된다. 여기서는 'ㄱ'이 'ㄴ, ㄹ, ㅁ' 앞에서 'ㅇ'으로 변한다든가 'ㄴ'과 'ㄹ'이 만나면 'ㄴ'이 'ㄹ'로 변한다든가 'ㄷ, ㅅ, ㅈ, ㅊ, ㅌ' 등이 'ㄴ, ㄹ, ㅁ' 앞에서 'ㄴ'으로 변한다는 사실을 지적하고 있다. 특히, 중화나 경음화 현상까지도 모두 포괄하여 '자음접변'으로 지칭하였다. 최현배(1937)에 이르러서 '소리의 닮음'이라는 항목이 설정되어 비음화가 동화의 일종임이 분명하게 드러나게 되었는데, 여기서는 비음화의 환경으로 'ㄴ,ㅁ,ㅇ' 외에 'ㄹ'을 포함시키고 있다.

비음화에 대한 기술에서 'ㄹ'과 관련한 현상이 제외된 논의의 시초는 김두봉(1916)이었다. 여기서 그는 'ㄱ, ㄷ, ㅂ' 등이 'ㄴ, ㅁ, ㅇ' 등과 이어날 때 'ㄱ, ㄷ, ㅂ'이 'ㅇ, ㄴ, ㅁ'으로 바뀌는 것은 양자의 코소리의 있고 없음에 기인한다고 설명하였다. 이희승(1955)

에서도 역시 비음화의 환경에서 'ㄹ'을 제외시켰는데, 'ㄱ, ㅁ, ㅂ, ㅇ' 등의 자음 아래에 오는 'ㄹ'이 'ㄴ'으로 되는 현상을 자음 동화가 아니라 한자어의 특성으로 보았다. 생성음운론의 영향이 크게 작용한 70년대 이후의 논의 역시 대체로 후자의 견해를 이어간 것으로(Kim-Renaud 1975, 이병근 1977, 이승재 1980, 배주채 1989), 비음화를 [+nas] 자질의 동화로 보는 데에 의견이 일치하고 있다. 그리고 이러한 정의 안에서 보는 비음화의 원인은, 인접한 두 음소 가운데 하나는 비음성 자질을 가졌고, 다른 하나는 갖지 못한 데에서 오는 발음의 불편함이라고 할 수 있겠다.

　그러나 (1)의 현상을 이러한 원인에 의한 것이라고 볼 때, 다음과 같은 문제가 발생한다. 첫째, 동화의 방향에서, 역행 동화만 가능하고 순행 동화는 불가능하다는 점을 설명하기 어렵다. 즉, '국물'과 '임금'은 둘 다 'ㄱ'과 'ㅁ'이 인접하는 경우로, 'ㅁ'은 비음성을 지니고 있고 'ㄱ'은 그렇지 않음에도 불구하고 후자의 경우 'ㄱ'의 비음화가 일어나지 않는 이유를 합리적으로 설명하기 어렵다는 것이다. 물론, 동화의 방향을 역행으로 규정지음으로써 */imim/과 같은 비적형의 산출을 막을 수는 있겠으나, 이렇게 되면, 광범위하게 일어나는 유음의 순행 동화(달나라/tallala/, 그럴 놈/kiləllom/ 등)를 특별한 경우로 취급할 수밖에 없게 된다.

　둘째, 비음화를 위와 같이 정의할 때, 다음과 같이 순자음과 유음, 또는 비음과 유음의 연쇄에서 순자음 또는 유음이 비음화하는 경우를 설명에서 제외하는 수밖에 없다.

(2) 폭로 /pʰoŋno/,　　갑론 /kamnon/,　　국립/kuŋnip/
　　구독료 /kutoŋnjo/,　대학로 /tɛhaŋno/,

(3) 정리 /čəŋni/,   강릉 /kaŋniŋ/,   정립 /čəŋnip/

금리 /kimni/,   수강료 /sukaŋnjo/, 종로 /čoŋno/

삼성 라디오 /samsəŋnatio/[23]

위의 자료는, 순자음이나 비음 다음에서 유음이 비음화 하는 현상이 형태소 경계뿐 아니라 단어 경계에서도 일어나는 보편적인 현상임을 보여준다. 이들 현상을 비음화의 논의에서 제외시키는 입장에서는, 위자료의 대부분이 한자 합성어이고 '르'이 'ㄴ'으로 되는 것은 한자어의 음절초 제약 때문이라고 설명한다. 그리고 '르'이 변해서 된 'ㄴ'의 영향으로 'ㄱ, ㅁ, ㅂ, ㅇ' 등의 자음이 비음화한다는 것이다.

그러나 위의 자료에서 단어 경계를 넘어 일어나는 비음화를 수의적인 것이라고 간주한다 하더라도, '르'이 'ㄴ'으로 변화하는 것이 단순히 한자어의 음절 두음 제약에 의한 것으로 보기 어려운 이유가 또 있다.

(4) 연락 /jənllak/,   언론 /əllon/

신라 /silla/,   난로 /nallo/

(5) 광고료 /kwaŋkoljo/,   검사료 /kəmsaljo/

진사로 /činsalo/,   자유로 /čajulo/,

형태론 /hjəŋtʰɛlon/,   신갈로 /sinkallo/

종말론 /čoŋmallon/

---

23) 두 개의 단어로 이루어진 이와 같은 말에서 단어 사이에 충분한 휴지를 두어 발음하는 경우에는 비음화가 일어나지 않을 수도 있으나, 자연스러운 속도의 발화를 자료로 삼아 분석하였다.

위에 제시한 예들은 모두 한자(漢字)로 이루어진 말들이지만, '르'이 'ㄴ'으로 발음되는 일이 없다. 만일 (2)와 (3)에서 관찰되는 광범위한 비음화 현상이 이보다 앞서 제시한 (1)의 비음화 현상과는 달리 단지 한자어의 경우에 적용되는 음절 두음 법칙에 의한 것이라면, (4~5)의 예들도 'ㄴ'으로 발음되지 않을 이유가 없기 때문이다. '르'의 비음화가 형태 경계를 필요로 한다고 하더라도 그 앞의 환경이 유음을 제외한 자음으로 한정된다는 사실은, 이 현상이 음운 연결 제약과 무관하지 않음을 말해주는 것이다. 따라서 위의 현상을 따로 떼어놓고서는 비음화의 본질적인 원인을 찾기가 어려울 것으로 보인다.

앞의 자료 (1~3)에서 보이는 /-VkmV-/, /-VsmV-/, /-VčnV-/, /-VklV-/ 등은 음절 사이에 충분한 휴지(pause)를 전제하지 않는 한, 국어 화자로서는 발음 불가능한 음운 연쇄이다. 그리고 그 이유는 음성학적 관점에서 찾을 수 있다. 이러한 점에서 김차균 (1981)에서 제안한 울림도 동화 규칙은 비음화의 본질에 보다 근접한 설명이라고 보여진다. 이 논문에서 말하는 울림도 동화란, -VC$_1$C$_2$V-와 같은 구조에서 울림도(sonority)가 작은 자음이 C$_1$ 위치에 오고, 울림도가 큰 자음이 C$_2$ 위치에 올 때 C$_1$이 C$_2$에 역행적으로 동화되는 경우를 가리킨다. 즉, 음절 경계 바로 앞소리의 울림도가 음절 경계 바로 뒷소리의 울림도보다 작을 때 울림도 조정 현상이 일어나게 되는데, 울림도를 조정하는 방법에는 울림도 높이기 규칙과 울림도 낮추기 규칙[24]이 있다고 하였다.

---

24) 울림도 높이기 규칙: XVC˘·CVY(여기서 X, Y는 0개 이상의 임의의 소리의 연결)와 같은 구조에서 C˘의 울림도가 C의 울림도보다 작을 때, C˘의 울림도를 C의 울림도에 완전히 동화시킨다. 그러나 구조적인 또는 생리적인 제약으로 완전히 동화가 불가능할 때는

울림도라는 용어 대신에 자음 강도라는 용어를 사용한 오정란 (1993)의 논의도 음절 구조와 [+son]을 바탕으로 비음화를 설명한 점에서 김차균(1981)과 맥을 같이 하고 있다. 오정란(1993)에서는 인접한 선행 음절의 말음 강도가 후행 음절의 두음 강도보다 낮거나 같아야 한다는 점을 밝히고 $Cf(s) \leq Ci(s)$(여기서 Ci는 음절초 자음, Cf는 음절말 자음, (s)는 자음 강도)와 같이 규칙화하였다. 여기서는 특히 경음화를 자음 강도 조정 현상의 하나로 포함시키고 있어서 주목을 끈다. 그런데 이렇게 되면, 선행 음절의 말음 강도와 후행 음절의 두음 강도가 일치하는 경우에, 때에 따라서 조정 현상이 일어나기도 하고 일어나지 않기도 하여 강도 조정 현상이 일어나는 조건과 정도가 모호해진다는 문제가 있다.

자음 강도와 동화 현상의 관계를 보다 명확히 파악하기 위하여, 앞에서 제시한 자료에서 입력형과 출력형의 인접한 두 자음이 범어적인 자음 강도 체계25) 상에서 갖는 강도를 명시해 보기

C⌐의 울림도를 국어에 존재하면서 C의 울림도에 가장 가까운 울림도까지 끌어올린다.

울림도 낮추기 규칙: XVC⌐·CVY의 구조에서 C⌐의 울림도가 C의 울림도보다 낮지만 구조적인 제약이나 생리적인 제약으로 C⌐의 울림도를 C의 울림도에 동화시킬 수 없을 때에는 C의 울림도를 낮추어 C⌐의 울림도에 동화시킨다. (김차균, 1981).

25) 자음과 모음의 등급은 Saussure(1972)에서 열림(aperture) 정도에 따라 구분한 바 있고(폐쇄음(0), 마찰음 또는 협착음(1), 비음(2), 유음(3), 고모음(4), 중모음(5), 저모음(6)), Hooper(1976)에서 이를 자음 강도와 연결지어 다음과 같은 체계를 세웠다. 본고에서 표시한 분절음의 등급은 여기에 따른 것이다.

자음 강도 체계(Hooper, 1976:206)

활음	유음	비음	유성마찰음	무성마찰음	무성폐쇄음 유성폐쇄음
1	2	3	4	5	6

로 하자.

(6) '순자음＋비음'의 경우

　　　국물　　/kukmul/　　→　　/kuŋmul/
　　　　　　　63　　　　　　　　33

(7) '순자음＋유음'의 경우

　　　폭로　　/phoklo/　　→　　/phoŋno/
　　　　　　　62　　　　　　　　33

(8) '비음＋유음'의 경우

　　　정리　　/čəŋli/　　→　　/čəŋni/
　　　　　　　32　　　　　　　33

　(6~8)의 입력형들은 한결같이 인접한 두 자음 가운데 선행음의 자음 강도가 후행음의 자음 강도보다 높게 나타난다. 따라서 이런 형태들은 강도 조정 현상을 겪게 되는데, 그 하나의 방편이 선행음 또는 후행음의 비음화인 것이다. 여기서 우리는, 두 개의 음절이 연속할 때 선행 음절의 말음이 후행 음절의 두음보다 자음 강도가 높아서는 안 된다는 음운 연결 제약이 바로 비음 동화의 원인이 됨을 알 수 있다. 그런데, 앞에서 언급한 *Complex 제약에 의하면, 인접한 두 자음은 하나의 음절에 속할 수 없으므로, 음절 말음과 음절 두음이라는 조건은 잉여적인 정보가 된다. 따라서 국어의 음운 연결 제약을 다음과 같이 설정할 수 있다.

(9) CS(Consonant Strength 자음 강도 제약)

인접한 두 자음 C_1C_2에서 C_1의 강도는 C_2의 강도보다 낮거나 같다.

그런데, 이러한 음운 연결 제약을 만족시키는 방법은 여러 가지가 있을 수 있다. 가령, '국물'은 /*구물, *국불, *국굴, *굼물, *군물, 궁물/ 등을 출력형 후보로 고려할 수 있으며, 이 가운데, /*구물/은 Max-IO 제약으로 배제할 수 있겠으나 나머지 후보들은 위에 제시한 CS 제약이나 Max-IO제약만으로는 배제하기 어렵다. 따라서 최적의 출력형을 선택하게 하는 다른 기준이 필요한데 다음 절에서 그러한 변동의 방향을 결정하는 제약이 무엇인가를 알아보도록 하겠다.

4.1.2 변동의 방향

비음화의 과정을 논하는 데 있어서 가장 많이 쟁점이 되어온 부분은 중간 단계의 설정 여부였다. 즉, 비음화의 대상이 된 자음이 음절말 중화 및 자음군 단순화라는 중간 단계를 거쳐 후행음에 동화되느냐 아니면, 직접 비음으로 동화되느냐 하는 것이다. 전자에 속하는 견해에는 김두봉(1916), 최현배(1937), 허웅(1965), 김차균(1974), 김주필(1988), 배주채(1989) 등이 있고, 후자에 속하는 견해에는 이승재(1980), 최태영(1983), 허삼복(1994) 등이 있다. 중간 단계를 설정하는 입장에서는 위에서 제시한 예 (6b,c)의 경우 다음과 같은 과정을 거친다고 본다.

(10) 빗만 → /pitman/   → /pinman/

(11) 읽는 → /iknin/   → /iŋnin/
      놓는 → /notnin/   → /nonnin/

즉, 'ㅅ, ㅈ, ㅊ, ㅎ' 등은 비음 앞에서 'ㄷ'으로의 중화 과정을 거쳐 비음 동화하고, 자음군은 자음군 단순화 과정을 거친 후 비음 동화한다는 것이다. 그러나 문제는 /pitman/이 과연 자연스러운 발화에서 쓰일 수 있느냐는 점이다. 이러한 설명은 물리적인 측면에 실재하는 음운 과정만을 인정하는 자연음운론의 비판을 피하기 어렵다.

이상의 도출 과정이 갖는 문제점을 해결하기 위해 직접 도출을 시도한 논의가 이승재(1980)에서 보인다. 그는 'ㅎ'이 비음 앞에서 'ㄴ'으로 직접 변화한다고 보았다. 그런데, 국어의 일반적인 동화의 경향과는 달리, 이 경우에 유독 조음 위치와 조음 방법의 동화가 동시에 이루어지게 된 이유에 대해서는 설명하지 않고 있다. 그리고 김경아(1996)에서 지적하였듯이 비음 앞에서 불파화를 겪은 장애음이 비음화를 겪어야 한다는 기술에 불파를 겪지 않은 'ㅎ'도 포함시켜야 하는 부담이 생긴다.

이와 같이 기존의 논의에서 보여주는 공시적 도출 과정은 지엽적인 현상에 치중한 나머지 음성 실현에 이르는 과정을 지나치게 추상화한 면이 있다. 그러나 변동이 일어나게 하는 원인에 주목하면, 실제 현상에서 나타나는 예외성은 각각의 자음이 가진 유표적 자질의 차이에 기인하고 있음이 드러난다. 본고에서는 'ㅎ'과 다른 자음이 보여주는 비대칭성에 초점을 맞추어 그 이유를 밝히려고 한다.

우선, 'ㅅ'이 같은 조음 위치의 비음 'ㄴ'으로 변한 데에는 달리 설명이 필요할 것 같지 않다. 그런데 'ㅈ, ㅊ'의 경우에는 조음 위치도 구개에서 치조로 바뀌고 비음화도 일어나 'ㄴ'이 된다고 해야 하므로, 조음 위치의 변동이라는 소위 특수성이 생기게 된 다. 그런데, 'ㅈ, ㅊ' 등 파찰음과 'ㄴ' 마찰음의 조음 위치가 꼭 일치하는 것은 아니지만, 음운론적으로는 모두 Cor로서 같은 부 류로 묶인다. 'ㄴ, ㄷ, ㅅ, ㅈ'이 변별되는 것은 조음 방법에 의한 것이지, 조음 위치에 달린 것이 아니므로, 경구개 비음이 없는 국 어에서 'ㅈ, ㅊ'이 치조 비음 'ㄴ'으로 변하는 것은 조음 위치의 변화라고 단정 지을 수 없다고 한 논의도 있다(배주채, 1992: 184-186 참조).

다음으로, 'ㅎ' 말음의 경우를 보자. 'ㅎ'은 간단히 후두음으로 분류되나, 조음적 관점에서 볼 때 단지 뒤에 오는 모음의 무성 대응음에 불과하다. 즉, 특정의 조음 양식과 조음 위치를 가지고 있지 않으며, 발화시 인접한 모음의 조음 양식 및 위치에 따라 조음 양식과 위치가 결정되고, 모음 홀로 발음할 때와 다른 점은 다만 성문의 상태뿐이다(Ladefoged, 1975:54-55). 이와 같이, 'ㅎ' 은 SL 마디가 결여된 음소, 즉, 조음 위치 및 조음 방식 자질을 갖지 않은 음이다. /h/ 음에 조음 위치의 변화와 조음 방식의 변 화가 동시에 일어난 이유는 다른 경우의 비음 동화(ㅂ→ㅁ, ㄷ, ㅅ, ㅈ→ㄴ, ㄱ→ㅇ)와 기본 조건이 다르기 때문이다.

국어의 자음 체계[26] 안에서 순자음이 비음이 되기 위해서는 후행 비음의 MN의 [+nasal]을 공유하는 방법과 RN를 공유하

---

26) 여기서 사용한 국어 자음의 계층적 자질 표기는 Mohanan(1991)의 최대 잠재 표기 원칙에 따른 것이다.

는 방법이 있다. 전자는 몇 가지 문제점을 내포하는데, 전자의
방법으로 설명하려면 우선, 위와 같은 자질의 미명시 방법으로는
설명이 불가능하고 완전 명시 방식을 취해야 한다. 예측 가능한
자질을 미명시하는 원칙에 따를 때, [+nasal]은 무표로 나타나
기 때문이다. 둘째로, 완전 명시의 표기 방법을 채택할 경우,
MN의 지배를 받는 자질 중 유독 [+nas] 자질만이 확산되는 이
유도 밝히기 어렵다. 그러나 후자의 방법을 취하면, 유표에서 무
표로의 확산이라는 일반 원리와도 부합하고, 폐쇄음과 다른 자음

	RN	LN	MN	PN	PPN
/p/				lab	
/p'/		[+CG]		lab	
/pʰ/		[+SG]		lab	
/t/					
/t'/		[+CG]			
/tʰ/		[+SG]			
/k/				dor	
/k'/		[+CG]		dor	
/kʰ/		[+SG]		dor	
/č/			[+cont]		[-ant]
/č'/		[+CG]	[+cont]		[-ant]
/čʰ/		[+SG]	[+cont]		[-ant]
/s/			[+cont]		
/s'/		[+CG]	[+cont]		
/m/	[+son]			lab	
/n/	[+son]				
/ŋ/	[+son]			dor	
/l/	[+son]		[+lat]		
/h/		[+SG]			

RN=root node	[son]	sonorant
LN=laryngeal node	[CG]	contricted glottis
MN=manner node	[SG]	spread glottis
PN=place node	[cont]	continuant
PPN=primary place node	[ant]	anterior
	[lat]	lateral
	lab	labial
	dor	dorsal

들이 보여주는 비대칭성도 자연스럽게 해결된다. 실제 예를 들어 확인해 보기로 하자.

'국물'의 /k/는 조음 위치 자질만이 유표적인 음이다. 따라서 dor만이 명시된다. 여기에 /m/이 인접하여 음운 연결 제약(CS)에 어긋나게 되면, /m/의 [+son]는 /k/의 비어 있는 RN에 확산되고, 결과적으로 원래의 /k/는 [+son], dor이라는 자질 명시를 갖게 되어 /ŋ/로 실현된다. 즉, 비음화는 공명성 자질의 확산에 따른 부수적 결과로 볼 수 있는 것이다.

'빗만'의 경우에는 /s/가 원래 [+cont]의 자질을 갖지만 음절 말 위치에서 말단 자질인 [+cont]는 삭제되므로, /m/의 [+son]이 음절말 위치의 /s/에 확산되면, 원래의 /s/에는 [+son]만이 명시되어 결국 /n/과 같이 실현된다. '놓는'의 경우도 이와 마찬가지로 음절 말음 제약과 음운 연쇄 제약을 만족시키기 위하여 말단 자질 삭제와 [+son]의 확산을 동시에 겪는다. 특히 /h/는 말단 자질 [+SG]가 삭제되면 완전한 무표음이므로 [+son]가 확산되면 /n/과 동일해진다. 직접 동화를 주장한 쪽에 문제가 되었던 'ㅈ, ㅊ, ㅉ'의 위치 자질의 변화도 실은 음절 말음 제약과 음운 연쇄 제약이 상호 작용한 결과로서 별도의 방책이 전혀 필요치 않다. 말단 자질이 [-ant]과 [+cont]로 명시되는 /č/에 이들의 삭제와 더불어 [+son]의 확산이 일어나 /n/으로 실현되는 것과, 말단 자질이 모두 미명시 되어 삭제할 것이 없는 /p/에 [+son]의 확산이 일어나 /m/으로 실현되는 것은 동일한 과정으로 볼 수 있기 때문이다.

자음군이 포함된 '읽는'의 경우, 음절화 원리에 따라 생성된 두 후보는 음절 말음 마디가 자음군 가운데 각각 하나씩의 자음과 연결되어 있고, 음절 말음 마디와 연결된 분절음이 모두 음절 말음 조건에 부합하므로 여기서는 음운 연결 제약만이 영향을 미치게 된다.

여기서 음운 동화 현상의 방향을 결정짓는 다음 제약이 존재함을 알 수 있다.

(12) Mark(유표성 제약)

입력형의 인접 요소 a_1a_2에서 동일 조음 마디에 대하여 a_1이 a_2보다 유표적일 때, a_1에 대응하는 출력형 요소 β_1은 해당 마디가 무표일 수 없다.

이 제약은, 자질 확산이 유표적 조음 마디에서 무표적 조음 마디로 일어남을 말해 준다. 국어에서 보이는 자음 동화 현상은 앞에서 기술했듯이 충실성 조건의 상위에 존재하는 음운 연결 제약을 만족시키기 위해 일어난다. 즉, 인접한 선행 음절의 말음 강도가 후행 음절의 두음 강도보다 낮거나 같아야 한다는 국어의 음성 제약에 어긋나는 발화형을 피하기 위한 하나의 방안이다. 그런데, 장애음과 비음의 연쇄에서 비음의 공명성 자질이 삭제되지 않는 이유는 바로 이러한 Mark 제약이 작용하고 있기 때문이다. '국물'이 '국불'로 실현되지 않는 것은 이러한 이유에서이다.

(13) '국물'

〖 kuk 〗〖 mul 〗	CS	Max-IO	Ident-IO(F)	Mark
a. kuk.mul	*!			
b. ku.mul		*!		
c. kuk.pul			*	*!
d. kum.mul			**!	
e. ☞ kuŋ.mul			*	

위에 제시된 표 (13)에서 후보 (13a)는 -km-이라는 금지된 음운 연결형을 지니고 있으므로 필수적 제약을 어겨 가장 먼저 탈락한다. (13b)는 입력형의 분절음 /k/와 대응되는 요소를 갖고 있지 않으므로 Max-IO 제약을 위반하고 있고, (13c)에서는 /kp/에 대응되는 입력형의 요소 /km/에서 후행음의 RN가 선행음의 RN에 비하여 유표적이므로 Mark 제약에 위배된다. 이러한 상위 제약들을 모두 지키면서 입력형에 가장 근접한 후보는 (13e)이다. 입력형과 출력형의 대응 요소 간의 자질이 동일한지를 묻는 Ident-IO(F)의 평가 결과, 이 후보는 이 제약을 한 번 위반하는 것으로 드러나지만, (13e)와 경쟁할 다른 후보가 없으므로 최적형으로 선택된다.

파찰음이나 자음군이 비음에 인접하는 경우에는 음절 말음 제약과 음운 연쇄 제약이 상호 작용하므로 말단 자질의 삭제와 [+son] 자질의 확산을 둘 다 겪은 후보가 최적형이 될 것이다. 그러나 이것은, 비음화 이전에 음절말 중화라는 중간 단계를 설정하는 것과는 차이가 있다. SPE식에 따르면, 비음화는 [-continuant]→[+nasal]/ ___ [+nasal]과 같이 기술된다. 따라서 음절말 중화나 자음군 단순화를 거치지 않은 음은, 비음화의 대상이 되지 못한다. 중화 및 단순화와 비음 동화 사이에 외재적 규칙순을 설정하지 않을 수 없는 이유도 바로 여기에 있다. 그러나 본고에서 제시하는 과정은 각 분절음 고유의 자질 표기가 갖는 특성과 그 위치에 따른 것으로, 외재적 규칙순을 필요로 하지 않는다. 다만, 각각의 분절음이 어떠한 자질 명시를 갖느냐에 따라 공허한 적용이 되기도 하고 여러 자질 마디에 한꺼번에 변화가 생기기도 하는 것이다.

(14) '빗만'

[pis] man]	Coda-Cond	CS	Ident-IO(F)
a. pis.man	*!	*!	
b. pit.man		*!	*
c. ☞ pin.man			**

(15) '놓는'

[noh ‖ nin]	Coda-Cond	CS	Ident-IO(F)
a. noh.nin	*	*!	
b. not.nin		*!	*
c. ☞ non.nin			**

위 (14)와 (15)는 각각 입력형에 충실한 후보 (a)가 음절 말음 제약 및 음운 연결 제약을 동시에 위반하고 있는 경우이다. 이때 는 각각의 제약을 모두 만족시켜야 하므로 입력형과의 충실성은 그만큼 더 지켜지기가 어렵다. 이 경우, (14)와 (15) 각각의 후보 (c)에서 입력형의 /s/와 /h/에 각각 대응하는 요소는 /n/인데, /n/은 MN 및 RN이 각각 무표와 [+son]으로 명시된다. 즉, 이 들 후보는 Ident-IO(F) 제약을 두 번씩 어기게 되는데, 그럼에도 불구하고 최적형이 되는 것이다.

(16) '읽는'

[ilk ∣ nin]	*Complex	CS	Max-IO(X-PN)	Ident-IO(F)
a. ilk.nin	*!	*!		
b. il.nin			*!	
c. ik.nin		*!		
d. ☞ iŋ.nin				*

(16)은 입력형이 자음군을 포함한 경우로서, 자음군은 *Complex 제약에 의해 제거된다. 절대적 제약을 어기고 있는 후보 (16a)와 (16c)를 제외하면[27] (16b)와 (16d)가 남는데, PN가 명시되어 있는 /k/의 대응소가 (16b)에는 없으므로 결국 (16d)가 최적형으로 출력된다.

그러면, 위와 같이 순자음과 비음이 연결되는 경우 외에, 순자음이 유음의 영향으로 비음화 하거나 유음이 비음의 영향으로 비음화 하는 과정은 어떠한가를 살펴보자. 가령, '폭로'라는 어휘에서, /k/와 /l/은 앞에서 제시한 범어적 자음 강도 체계에 따르면, 자음 강도가 각각 「6」과 「2」로 CS 제약에 위배된다. 따라서 이를 만족시키기 위한 방법으로 /k/가 /l/의 RN를 공유하는 방법을 생각해 보자. 그러나 그 결과로 갖게 되는 음운 연결형은 /ŋl/로 자음 강도 체계로 보면 「3」「2」가 되어 여전히 CS 제약

---

27) 4.2.에서 논하게 될 Agree-MN 제약을 고려하면 후보 /il.nin/ 역시 절대적 제약을 하나 위반한다. 여기서 위반 요소가 제거된 /il.lin/이라는 후보는 실제로 한 방언에서 발견되는 발화형이며, Max-IO (X-PN) 제약이 없다면 최적형으로 출력될 수도 있을 것이다. 그러나 표준 발음을 기준으로 할 때, 이 후보는 결국 Max-IO(X-PN) 제약에 의해 탈락되게 되므로 최적형의 선정에는 영향을 미치지 않는다. 이 장의 초점을 흐리지 않기 위해 이를 배제하고 논의를 진행하였다.

에 위배된다. 이 경우에 음운 연결 제약에 맞는 음운 연결형을 갖는 다음 방법은, 후행 자음의 자음 강도를 높이는 것이다. 그런데, 자음 강도를 높이는 것은 [+lat] 자질을 삭제함으로써 가능하다. 따라서 /l/의 [+lat] 자질을 삭제함으로써 /l/은 /n/과 동일한 자질을 갖게 되고, 음운 연결형의 자음 강도도 「3」「3」이 되어 CS 제약을 만족시키게 된다.

인접한 자음의 강도를 조정하기 위한 이 변동 과정은 비음과 유음이 인접한 경우에도 마찬가지로 일어난다. 이 경우에는 CS 제약에 위배되는 두 음소의 RN가 모두 이미 [+son]으로 채워져 있으므로 확산이 일어나지 못한다. 가령, '정리'의 경우에 /l/의 [+lat] 자질이 삭제되는 것으로 변동이 완료되는 것이다.

(17) '폭로'

[pʰoklo]	CS	Ident-IO(F)	Mark
a. pʰok.lo	*!		
b. pʰoŋ.lo	*!		
c. pʰok.to		**	**!
d. ☞ pʰoŋ.no		**	*

(18) '정리'

[čəŋli]	CS	Ident-IO(F)	Mark
a. čəŋ.li	*!		
b. ☞ čəŋ.ni		*	
c. čək.li	*!	*	*
d. čək.ni	*!	**	**

이러한 변동은 구조 보존적 범위 내에서 적용된다. 즉, 어떤 자질의 확산이나 삭제 등을 적용한 결과가 국어의 음소 체계를 벗어나는 것이라면, 그 변동은 차단된다. 예를 들어서, '각자'가 CS 제약에 위배되는데도 불구하고, /ㅊ/의 [+cont]가 삭제되지 않는 이유는, [+cont]와 [-ant]로 명시되는 /ㅊ/에서 이를 삭제한다면 [-ant]만 남게 되는데, [-ant]만으로 명시되는 음소가 국어의 자음 체계에 존재하지 않기 때문이다. 그러나 '각자'와 같은 경우에 경음화 현상으로 CS 제약에 위배되는 음운 연결이 자연히 제거되므로 문제가 되지는 않는다.

4.2. 유음화

4.2.1. 유음화의 양방향성

유음화는 'ㄴ'과 'ㄹ'이 인접할 때 그 순서에 관계없이 'ㄴ'이 'ㄹ'로 변하는 현상을 통틀어 지칭하는 말이다. 발화 단계의 국어에서는 /ㄴㄹ/이나 /ㄹㄴ/의 연쇄가 허용되지 않는다. 이러한 음운 연결 제약에 의하여 유음 탈락 및 유음화가 일어나게 되는데, 유음 탈락의 경우는 어휘 특수적인 현상이므로 사전적 차원에서 다루는 편이 경제적이라고 여겨진다. 그 밖의 환경에서는 입력형이 /ㄹㄴ/, /ㄴㄹ/의 연쇄를 갖는 경우 유음화에 의해 이 연쇄가 제거된다. 즉, 입력형이 /ㄴㄹ/의 연쇄를 가진 경우에는 역행 동화가 실현되고, /ㄹㄴ/의 연쇄를 가진 경우에는 순행 동화가 실현된다.

초기 생성음운론에서는 이러한 순행과 역행의 동화를 포괄적으로 설명하기 위하여 'n→l % l'과 같은 거울 영상 규칙을 설정하기도 하였다. 그러나 김완진(1972)에서는 형태소 경계를 사이에 두고 개재 자음이 있는 경우에만 유음화가 실현된다고 보아 유음화를 거울 영상의 직접 동화로 보아 온 기존의 견해를 수정하였다. 그리고 이병근(1977)에서는 단어 경계를 사이에 두고 있는 경우에는 순행과 역행의 유음화가 직접 동화로서 모두 가능하지만, 형태소 경계를 사이에 두고 있는 경우는 개재 자음을 필요로 하는 간접 동화이며 순행 동화라고 보았다. 김정우(1984)에서는 이를 종합하여 '르'과 'ㄴ' 사이에 자음이나 내부 단어 경계가 개재했을 때 유음화가 실현된다고 하였다.

그러나 우리는 다음의 예를 통하여 개재자음이나 경계의 유형이 순행적 유음화의 필수적인 환경 조건이 아님을 알 수 있다. 먼저, /르ㄴ/ 연쇄가 포함된 예를 살펴보기로 하자.

(19) 달님 /tallim/,   칼날/kʰallal/,   한글날/hankillal/

(20) 핥는/hallin/,   뚫는 /t'ullin/

(21) 갈 남자 /kallamča/

(19)는 명사 합성어에서, 즉, 형태소 경계를 사이에 두고 유음화가 일어난 경우이고, (20)은 르계 자음군 어간을 가진 용언의 활용형에서, (21)은 단어 경계를 사이에 두고 유음화가 일어난 경우이다. (21)의 경우는 특별히 강조를 위해 발화 속도를 늦추어 휴지를 실현시키면 유음화가 일어나지 않을 수도 있으나, 발

화 상황과 관련된 특수한 경우를 논외로 한다면, 유음화는 필수적인 현상으로 보아도 무방하다. 즉, /ㄹㄴ/의 연쇄가 /ㄹㄹ/로 실현되는 과정은 범주상의 제약이나 경계에 대한 제약을 갖지 않는 보편적인 변동이라고 볼 수 있다.

(21)은 소위 개재 자음의 자질, 그리고 자음군 단순화와 유음화 간의 적용 순서와 관련하여 주로 논란의 대상이 되어 온 부분이다. 이승재(1980)에서는 개재 자음의 자질을 [−grave]로 규정하였고, 곽충구(1994)에서는 [+coronal]로 규정한 바 있다. 그리고 이 경우 문제가 되는 'ㅎ'의 처리를 위하여, 각각 'ㅎ→ㄴ', 'ㅎ→ㄷ'의 규칙을 설정하여 이 규칙이 유음화에 선행한다고 설명하였다. 이와 같이 외재적 규칙순을 설정할 수밖에 없게 된 이유는, 개재 자음의 유무로써 유음화의 조건을 삼았기 때문이다. 그리고 이것은 유음 탈락의 경우와 분리하기 위해 어쩔 수 없는 일이다.

그러나 표기에도 반영이 되는 유음 탈락과 같은 어휘 특수적 변동과 유음화와 같은 보편적 변동에 대한 처리를 각각 다른 단계에서 하게 되면, 그와 같은 개별 음운 현상에 외재적 규칙순을 설정해야 하는 부담은 자연히 사라진다. 유음 탈락이 실현되는 경우를 제외한 나머지 환경에서는 배타적으로 유음화가 실현되기 때문이다. 게다가 (19)와 (21)의 예에서도 보이듯이 (20)의 경우만을 위해 개재 자음을 유음화의 환경으로 놓는 것은 규칙의 적용 환경을 지나치게 제한적으로 되게 하며, 여기에서 제외된 환경에서 일어나는 현상과의 유기성을 파악하기 어렵게 만든다.

다음에는 /ㄴㄹ/ 연쇄가 포함된 예를 살펴보자. /ㄴㄹ/ 연쇄는 한자어에서만 발견되며, 역시 대부분 /ll/로 실현되나, 어휘에 따라서는 /ll/과 /nn/이 수의적으로 교체되기도 한다.

(22) 난로 /nallo/,   신라 /silla/

(23) 음운론 /imullon~imunnon/,
  신문로 /sinmullo~sinmunno/

(22)는 역행적 유음화의 전형적인 예로서 언제나 /ll/로 실현되고 /nn/로 실현되는 일은 없다. (23)은 /ll/과 /nn/의 두 가지 발음이 모두 가능한 예들이다. (/ㄹ/이 /ㄴ/으로 실현되는 현상에 대해서는 4.2에서 논의한다.)

결국, 국어의 음성형에 /ㄴ/과 /ㄹ/이 연쇄적으로 실현되는 일이 없게 된다. 그런데, /ㄴ/과 /ㄹ/은 다른 모든 자질 마디가 동일하며, MN에서만 차이를 보이는 음이다. 따라서 다음과 같은 음운 연결 제약이 작용하고 있음을 알 수 있다.

(24) Agree-MN : 인접한 두 자음의 다른 모든 자질 마디가
        동일하게 명시될 때, 그 두 자음의 MN이
        차이를 보일 수 없다.

위 제약은 예외를 허용하지 않는 필수적 제약이므로, 이 제약에 위배되는 음운 연쇄를 포함하는 후보가 생성되면, 당연히 이를 피하려는 조정 작용이 있게 된다. 그런데, /l/의 명시 자질은 [+son] [+lat]이고, /n/은 [+son]이므로 유표 자질인 [+lat]가 /n/의 비어 있는 MN에 확산되어 결국 /l/과 같은 자질 명시를 갖게 된 것으로 볼 수 있다. 즉, 이 경우에도 Mark 제약이 작용하는 것이다.

앞서 살펴본 비음화의 경우에 [+son] 자질의 확산이 역행적

방향으로만 일어나는 데에 반하여, 유음화를 일으키는 [+lat] 자질의 확산은 순행적 방향과 역행적 방향으로의 확산이 모두 발견된다. 그러나 이것은 자질의 특수성에 기인하기보다는 변동을 일으키는 근본적 원인이 다른 점에 기인한다. 4.1에서 고찰한 [+son] 자질의 확산은 CS라는 제약에 의해 유발된 현상이다. 즉, 인접한 두 자음의 강도가 제약에 어긋나지 않도록 하기 위해서 자음 강도가 지나치게 높은 음소에 인접음의 유표 자질인 [+son]이 확산된 것이다. 따라서 후행 자음이 선행 자음보다 강도가 높은 경우에는 CS 제약을 위반하는 일이 없으므로 [+son]가 확산될 일도 없는 것이다. 다시 말해서 순행적 확산의 동기가 아예 없는 셈이다. 반면에 [+lat]의 확산은 단순히 음운 연쇄 제약인 Agree-MN에 의해 유발된다. 따라서 인접한 두 자음 가운데 보다 유표적인 음운이 선행하느냐 후행하느냐에 따라 자질 확산의 방향이 결정되는 것이다.

이러한 변동 원리에 의한 후보 생성과 평가의 과정을 실제 예를 통해 살펴보자.

(25) '달님'

〖 tal 〗〖 nim 〗	Agree-MN	Ident-IO(F)	Mark
a. tal.nim	*!		
b. ☞ tal.lim		*	
c. tan.nim		*	*!

(26) '난로'

[nanlo]	Agree-MN	Ident-IO(F)	Mark
a. nan.lo	*!		
b. ☞ nal.lo		*	
c. nan.no		*	*!

위 표에서 (25a)와 (26a)는 각각 /ln/과 /nl/이라는 금지된 음운 연쇄를 포함하고 있다. 따라서 필수적 제약인 Agree-MN에 의해 탈락하고, 입력형과 일치하지는 않지만 금지된 음운 연쇄가 제거된 후보가 다음 순위 제약인 Mark에 의해 평가된다. 여기서, (25)의 경우에는 C_1이 유표적 MN를 가지고 있으므로 이 유표 자질이 C_2에 확산된 후보, 즉, C_2가 C_1에 동화된 후보가 최적형이 되고, (26)의 경우에는 반대로 C_2가 유표적 MN를 가지고 있으므로 C_1이 C_2에 동화된 후보가 최적형이 된다.

(27) '핥는'

[halt^h | nin]	*Complex	Coda-Cond	Agree-MN	CS	Mark
a. halt^h.nin	*!	*!		*!	
b. hal.nin			*!		
c. hat^h.nin		*!		*!	
d. ☞ hal.lin					
e. han.nin					*!

(27)은 입력형이 자음군을 포함하고 있는 경우이다. 여기서 자음군 가운데 하나를 탈락시킨 후보 (27b)와 (27c)는 각각 다른 종류의 필수적 제약에 위배된다. (b)는 음운 연결 제약만을 위반

하는 데에 비하여, (27c)는 음운 연결 제약과 함께 음절 말음 제약을 위반하고 있다. 따라서 이 제약들을 모두 만족시키면서 동화의 방향과도 어긋나지 않는 (27d)가 최적형으로 출력된다. (27d)에서 입력형의 대응 요소와 자질 차이가 나는 부분은 입력형 /l/의 대응소 /n/의 MN 뿐이므로 (27e)와 비교할 때 충실성 조건에서도 우위를 차지한다.

4.2.2 유음화와 비음화의 배타적 적용

앞에서 제시한 자료 가운데, 위와 같은 기술만으로는 설명되지 않는 사실이 있다. /ㄹㄴ/ 연쇄에서 보이는 유음화와 비음화의 수의적인[28] 교체 현상이 그것이다. 그 예를 아래에 다시 제시한다.

(28) 음운론 /imullon ~ imunnon/
　　 신문로 /sinmullo ~ sinmunno/
　　 노근리 /nokɨlli ~ nokɨnni/
　　 선릉 /səlliŋ ~ sənniŋ/

위 자료에서 /ㄹ/이 /ㄴ/으로 발음되는 이유는 한자어의 음운론적 특성이나 후행어의 자립성에 있다고 보는 견해가 절대적이다. 그런데, 입력형에서 이들 후행어의 두음을 /n/으로 설정하는 것은, 앞(4.1)에서 이미 밝혔듯이 이들 형태가 'ㄹ'이나 모음 뒤에서는 'ㄴ'으로 실현되는 일이 없으므로 수긍하기 어렵다.

---

28) 여기서 수의적이란 말은 비음화 혹은 유음화 현상 자체가 수의적이라는 것은 아니다. 비음화나 유음화 중 하나가 반드시 일어나야 하므로 이때 수의적이라는 말은 상호 배타적이라는 의미를 갖는다.

유음화와 비음화의 배타적인 실현을 논하는 데 있어 또 하나 문제가 되는 점은 다음과 같은 어휘에서는 /ㄹ/의 비음화가 일어나는 일이 없다는 것이다.

(29) 난로 /nallo～*nanno/
　　　신라 /silla～*sinna/
　　　언론 /əllon～*ənnon/
　　　연락 /jəllak～*jənnak/

위에 제시한 예들은 /ㄴㄹ/ 순서에 의한 연쇄임에도 불구하고 (28)에 제시한 예들과 달리 /ㄴ/의 유음화가 필수적이다. (29)와 (28)은 그 형태론적 구성을 비교해 보아도 차이를 발견하기 어렵다. 그러나 구성에 대한 인식 면에서는 차이를 보인다. '음운론'의 '론(論)'이나 '신문로'의 '로(路)' 등은 생산성이 매우 높은 접사로, 그 앞에 형태 경계를 짐작하기 어렵지 않다. 반면에, (29)에 제시한 예들은 한자 합성어이기는 하지만, 거의 단일어처럼 인식되고 있는 어휘들이다. 그러므로 /l/이 음절 두음 위치에 오지 못하는 것은 이 /l/과 대응하는 입력형 요소가 인식상의 두 어휘 형태 경계 다음에 위치할 때임을 알 수 있고, 다음과 같은 음절 두음 조건을 내세울 수 있다.

(30) Ons-Cond(음절 두음 조건)
　　　입력형의 [wd l은 출력형의 /l/과 대응할 수 없다.

즉, '음운론'류의 두 가지 실현 양상은 그 형태 경계에 대한 화자의 인식 여부와 관련된다. '음운론'을 합성어로 인식하여 그 사이의 형태 경계를 분명히 하려는 화자는 /imunnon/으로 발음하는 반면, '음운론'을 단일어로 인식하는 화자는 /imullon/으로 발음하는 것이다.[29) 입력형이 포함하는 이러한 형태 정보와 그에 따른 실현형을 보이면 다음과 같다.

(31) '음운론'

[imunlon]	Agree-MN	CS	Ident-IO(F)	Ons-Cond	Mark
a. i.mun.lon	*!	*!			
b. ☞ i.mul.lon			*		
c. i.mun.non			*		*!

(32) '음운론'

[imun] [lon]	Agree-MN	CS	Ident-IO(F)	Ons-Cond	Mark
a. i.mun.lon	*!	*!			
b. i.mul.lon			*	*!	
c. ☞ i.mun.non			*		*

(31)의 입력형은 분절음 연쇄의 중간에 어떤 경계도 가지고 있지 않다. 곧, 입력형의 /l/이 출력형의 /l/과 대응하는 것은 Ons-Cond의 위반 사항이 되지 않는다. 따라서 위에 제시한 세 후보 가운데 필수적 제약을 준수하는 동시에 Mark제약에 의한 평가에서 적합 판정을 받는 후보 (31b)가 최적형이 된다. 반면에, (32)의 입력형

---

29) 이들 어휘에 대한 형태론적 인식이 화자마다 다른 것은, '론(論), 로(路), 료(料)' 등의 형태가 국어의 단어 형성에 활발하게 참여하면서 자립적으로는 쓰이지 않는 '접사적 어근' 또는 '약활성어근(弱活性語根)'(노명희, 1998: 26)의 성격을 지니기 때문인 것으로 추측해볼 수 있다.

에 속한 /l/은 어휘 형태 경계 다음에 위치하고 있으므로, 이것이 출력형의 /l/과 대응하는 것은 Ons-Cond의 위반 사항이 된다. 그런데, Ons-Cond은 Mark 제약보다 상위에 있으므로 Ons-Cond를 준수하는 후보 (32c)가 Mark 제약을 준수하는 후보 (32b)를 제치고 최적형으로 선택된다.

그러나 (29)에서 제시되었던 '난로'류는 합성어로 인식되는 일이 없으므로 다음에 보이는 바와 같이 유음화만이 가능하다.

(33) '난로'

[nanlo]	Agree-MN	CS	Ident-IO(F)	Ons-Cond	Mark
a.　　nan.lo	*!	*!			
b. ☞ nal.lo			*		
c.　　nan.no			*		*!

(33)에서 입력형에 충실한 후보 (33a)는 필수적 제약인 Agree-MN, CS 제약을 동시에 위반하고 있다. 이 두 제약을 준수하면서 Ident-IO(F) 제약에 대한 위반을 최소로 하는 후보는 (33b)와 (33c)인데, 이 가운데 (33b)가 동화의 일반적 방향을 따르고 있으므로 최적형이 되며, 이 경우 Ons-Cond는 영향을 미치지 못한다.

지금까지 검토한 자료로는 충실성 제약(Ident-IO(F))과 음절 두음 조건(Ons-Cond) 사이의 등급을 정할 수 없었다. 그런데, (28)에 제시된 자료들과 동일한 형태 구성의 '형태론, 종말론'의 경우에는 '르'이 /n/으로 실현되는 일이 없다는 사실을 통해, 두 제약 사이의 등급이 다음과 같이 정해진다.

(34) Ident-IO(F)≫Ons-Cond

앞에서 제시한 자료 가운데 '음운론'을 중간에 형태 경계가 포
함된 합성어로 인식하는 화자라면, '형태론'의 경우에도 역시 형
태 경계가 포함되었다고 인식할 것이다. 따라서 이 경우에도 화
자에 따라 입력형이 두 가지로 설정되어야 한다. 그러나 입력형
에서 형태 경계가 어떻게 설정되든지, '형태론'의 실현 양상은 한
가지로 나타난다. 그 이유는 바로, 음운론적 요구인 Ons-Cond
제약이 엄연히 존재하지만 형태론적 요구인 Ident-IO(F)에 밀려
그 영향력을 행사하지 못한 데에 있다. 이제 순위가 밝혀진 제약
들을 가지고 화자에 따라 입력형에 차이가 나는 '형태론' 및 '음
운론'의 실현 양상을 표로 보이면 각각 다음과 같다.

(35) '형태론'

〔hjəŋtʰɛ〕〔lon〕	Agree-MN	CS	Ident-IO(F)	Ons-Cond
a. ☞ hjəŋ.tʰɛ.lon				*
b. hjəŋ.tʰɛ.non			*!	

(36) '음운론'

〔imun〕〔lon〕	Agree-MN	CS	Ident-IO(F)	Ons-Cond	Mark
a. i.mun.lon	*!	*!			
b. i.mul.lon			*	*!	
c. ☞ i.mun.non			*		*

(37) '형태론'

⟦ hjəŋtʰɛlon ⟧	Agree-MN	CS	Ident-IO(F)	Ons-Cond
a. ☞ hjəŋ.tʰɛ.lon				
b. hjəŋ.tʰɛ.non			*!	

(38) '음운론'

⟦ imunlon ⟧	Agree-MN	CS	Ident-IO(F)	Ons-Cond	Mark
a. i.mun.lon	*!	*!			
b. ☞ i.mul.lon			*		
c. i.mun.non			*		*!

위에서 (35)와 (36)은 해당 어휘를 합성어로 인식하여 형태 경계를 포함한 입력형을 가진 화자들이 최적형을 선택하는 양상을 보인 것이고, (37)과 (38)은 같은 어휘를 단일어로 인식하는 화자의 경우를 보인 것이다. 여기서 '음운론'의 경우는 상이한 입력형 설정에 따라 출력형도 달라지는 반면, '형태론'의 경우에는 입력형이 형태 경계를 포함하는가의 여부와 무관하게 동일한 후보가 선택되는 것을 확인할 수 있다. 그 이유는 (35)와 (37)에서 볼 수 있듯이 '형태론'의 경우에는 출력형 후보가 입력형에 충실한 경우 필수적 제약을 위반하지 않지만, '음운론'의 경우에는 (36)과 (38)에 보인 바와 같이 필수적 제약을 위반하게 된다는 데에 있다. 따라서 입력형에 포함된 형태 정보가 '음운론'의 경우에는 최적형 선택에 영향을 미치는 반면, '형태론'의 경우에는 최적형 선택이 이와 무관하게 이루어진다. 즉, (35)와 (37)의 경우에 경쟁력이 있는 두 후보 (a), (b) 가운데 어떤 후보가 최적형이 되느냐 하는 것은 상위 제약인 Ident-IO(F)에 의해 판가름되

지만, (36)과 (38)의 경우에 (b)(c) 사이의 우열을 가리는 것은 Ident-IO(F) 제약에 의한 평가만으로는 불가능하고 다음 순위의 제약 Ons-Cond 제약 및 Mark 제약에 의한 평가까지도 고려해야 하는 것이다.

요컨대, 4장에서 고찰한 바에 따르면 국어의 자음 동화는 연속적인 발음이 불가능한 두 자음이 연결될 때 이러한 연결을 피하려는 요구와, 입력형과 출력형의 차이를 최소화하려는 요구에서 비롯된다. 국어에서 실현이 불가능한 음운 연결의 유형에는 두 가지가 있다. 하나는 선행 자음의 강도가 후행 자음의 강도보다 높은 경우이고, 다른 하나는 인접한 두 분절음의 조음 방식 자질이 다르면서 그 외의 자질 마디가 동일하게 명시되는 경우(즉, /ㄴ/과 /ㄹ/이 인접하는 경우)이다. 이 두 가지의 음운 연결형은 국어에서 실현되는 일이 없으므로, 이들 음운 연결을 금지하는 제약은 필수적 제약에 속한다고 볼 수 있다. 이 장에서 밝혀진 필수적 제약을 아래에 제시한다.

(39) 필수적 제약

   CS, Agree-MN

이러한 필수적 제약의 요구를 만족시키기 위해 출력형은 입력형의 모습 그대로 유지할 수 없게 되며, 그 양상은 전자의 경우 비음화로, 후자의 경우 유음화로 나타난다. 즉, 절대적 제약을 위반하지 않도록 하기 위해 입력형과의 동일성을 희생한 후보가 최적형이 되는 것이다. 여기서, 비음화 현상이 역행으로만 가능한 반면에 유음화 현상이 양방향성을 띠는 이유는 해당 음운 연

결체가 위반하는 절대적 제약의 본질적 성격에 따른 것으로, 별
도의 규정에 대한 요구 없이 설명되었다.

그리고 필수적 제약을 위반하는 후보를 제외한 나머지 후보
사이의 우열을 가리는 데에는 다음의 선택적 제약이 영향을 미
치는 것으로 드러났다.

(40) 선택적 제약
　　　Ident-IO(F) ≫ Ons-Cond ≫ Mark

입력형과 동일한 후보가 CS, Agree-MN 제약을 동시에 위반
하는 경우(/ㄴㄹ/의 연쇄)에는 Mark 제약에 의해 유음화가 일어
나는 것이 일반적인데, 단어 경계가 포함된 경우에는 이보다 상
위에 놓인 Ons-Cond 제약의 작용으로 두음의 비음화가 일어난
다. 그러나 이러한 두음의 비음화는, Ident-IO(F) 제약보다 하위
에 있으므로 해당 음운 연쇄가 절대적 제약을 위반하는 경우에
만 발견된다. 즉, 불가능한 음운 연쇄를 제거하는 최적의 방법은
구조 보존적 한도 내에서 인접음의 유표 자질을 공유하는 것이
고, 이러한 요구가 입력형의 형태 정보를 출력형에서 유지하려는
요구와 충돌할 시에는 후자 쪽에 우선적인 선택권이 주어진다.

5. 음운 대응 제약에 의한 변동

이 장에서는 입력형과 출력형 후보 간의 대응 관계 양상에 따라 변동이 일어나는 경우를 살펴본다. 보통 변동의 원인이 되는 요소는 출력형 후보 안에 포함되어 있기 마련이고, 따라서 지금까지 제시된 필수적 제약은 모두 출력형 후보에 속하는 음운의 구조에 대한 기술로 되어 있다. 그러나 국어의 음운 현상 가운데에는, 음절화한 형태의 출력형 후보 안에서는 변동의 원인을 찾을 수 없는 경우가 있다. 경음화와 유기음화가 이에 속한다.

5.1 경음화

국어에서 평장애음의 경음화가 일어나는 환경은 표면적으로는 두 가지로 나뉜다. 하나는, 평장애음이 장애음 뒤에 오는 경우이고, 또 하나는 합성어 내부와 비음으로 끝나는 어간 다음, 그리고 관형형 어미 '르' 다음에 평장애음이 오는 경우이다. 전자의 경우는 음운론적 조건만 만족되면 예외 없이 경음화가 일어나므로, 어떤 형태 정보도 필요치 않다. 반면에 후자의 경우는 정확한 음운론적 조건을 예측하기 어렵고, 동일한 음운 조건 하에서도 경음화가 일어나는 예와 그렇지 않은 예가 있어 비음운론적인 정보가 개입된 것으로 보인다. 이 비음운론적인 정보를 표시하는 한 방법은 사잇소리를 개입시키는 것이다. 전술했듯이 사잇소리와 관련된 음운 변동은 보편적 변동으로 보기 어려우므로 이를 표기에 반영해야 하겠지만, 현행 표기 체제는 그렇지 않은 실정이다. 사이시옷이 그 역할을 일부 담당하고는 있으나, 선행어의 음절 말음 위치에 다른 자음이 이미 연결되어 있는 경우에는 표시하지 않는다는 원칙이 있어 표기와 입력형 자체 사이에 일관성이 포착되지 않는다. 따라서 음운론적 기제만으로는 사잇소리와 관련된 경음화 현상을 설명하기란 불가능하다. 이러한 비음운론적인 정보에 대한 처리 방안을 논하기에 앞서 경음화를 일으키는 음성적 요인부터 밝혀 보기로 하자. 이를 위해 먼저 평음과 경음의 자동적 교체를 보이는 경우로부터 논의를 시작하겠다.

5.1.1 경음화 현상의 음성적 기제

두 장애음이 연속할 때 후행 장애음이 경음화 하는 현상은, 다음 자료에서 드러나듯이 형태론적 제약을 받지 않는 자동적 교체에 속한다.

(1) 낙지 /nakč'i/,   걱정 /kəkč'əŋ/
(2) 꽃집 /kotč'ip/,   짚신 /čips'in/
(3) 풋사과 /pʰuts'akwa/, 입질 /ipč'il/
(4) 밥도 /papt'o/,   입과 /ipk'wa/
(5) 먹고 /məkk'o/,   듣지 /titč'i/

(1)은 형태소 내부에서, (2)는 합성어에서, (3)은 파생어에서, (4)는 곡용에서, (5)는 활용에서 경음화 현상이 발견되는 예를 찾은 것이다. 이와 같은 자동적 경음화 현상을 생성음운론에서는 다음과 같이 규칙화한다.

(6) [-son]　→　[+tense] / [-son] ＿＿＿

위 규칙은 말 그대로 장애음 다음에서 장애음이 경음화(국어 장애음의 분류를 "aspirated", "plain", "tense"로 할 때)한다는 것이다. 그러나 이러한 규칙은 자동적 경음화 현상에 대한 음성적 동기를 밝혀주지 못할 뿐 아니라 장애음 다음에 유기음이 오는 경우에 이 유기음의 경음화를 차단하는 기제를 갖고 있지 않다. 그러므로 경음화에 대한 기술이 설명력을 갖기 위해서는 장애음이 연속할 때 일어나는 음성적 현상과 후행 장애음의 명시 자질에 주목할 필요가 있다.

장애음이 연속할 때 필수적으로 일어나는 현상은, 우선, 선행 자음이 음절 말음 위치에 놓이게 되며, 음성적으로 불파음(implosive)으로 실현되는 것이다. 즉, 후속 환경의 폐쇄성으로 인하여 조음 작용이 중간에 중단되므로, 구강 안의 압축 공기가 외부로 배출될 길이 막히게 되고, 구강 내부의 압력이 필요 이상으로 증가하지 않도록 하기 위해 불파와 동시에 성문의 순간적 폐쇄가 일어나는데, 이때 발생한 압축 기류로 인해 후속음이 경음화 된다. 즉, 두 장애음이 연속되어 발음될 때, 폐쇄되었던 성문이 후속음의 파열과 동시에 파열을 일으키면서 경음화 현상이 일어나는 것이다(김정우, 1994:90-91).

이러한 과정에 비추어볼 때, 경음화의 요인은, 음성적으로는 장애음의 불파이며, 음운론적으로는 [+CG] 자질의 첨가라고 볼 수 있다. 장애음의 불파음은 음성적으로는 실재하지만, 국어 음운 체계상 변별력을 지니지 못하는 반면, 평장애음에 [+CG] 자질이 첨가되면 평음에서 경음으로의 음소 간 변동을 일으키게 된다. 따라서 장애음 연쇄 제약을 잠정적으로 다음과 같이 설정하기로 한다.

(7) Obst-C(장애음 연쇄 제약)

　　RN가 모두 무표인 두 분절음의 연쇄에서 후행음은 [+ CG]를 갖는다.

위 제약은 평장애음이 연속해서 올 수 없다는 것을 나타내는 것으로, 예외가 없는 필수적 제약에 속한다. 따라서 입력형에 충실한 후보가 이 제약을 위반할 경우, 음운 변동이 불가피하다. 다음은 앞에서 제시한 자료들에 대한 후보 생성과 평가 과정을 보인 것이다.

(8) '낙지'

⟦ nakči ⟧	Obst-C	Ident-IO(F)
a.　　nak.či	*!	
b. ☞ nak.č'i		*

(9) '꽃집'

⟦ k'očʰ ⟧ ⟦ čip ⟧	Coda-Cond	Obst-C	Ident-IO(F)
a.　　k'očʰ.čip	*!	*!	
b.　　k'ot.čip		*!	***
c. ☞ k'ot.č'ip			****

(10) '입질'

〔 ip 〕〔 čil 〕	Obst-C	Ident-IO(F)
a. ip.čil	*!	
b. ☞ ip.č'il		*

(11) '밥도'

〔 pap 〕 to 〕	Obst-C	Ident-IO(F)
a. pap.to	*!	
b. ☞ pap.t'o		*

(12) '먹고'

〔 mək|ko 〕	Obst-C	Ident-IO(F)
a. mək.ko	*!	
b. ☞ mək.k'o		*

(8-12)에서 Obst-C는 입력형의 형태 정보와 무관하게 출력형 후보들에 보이는 음운 연쇄의 적형성을 평가하고 있다. 다음과 같이 입력형에 자음군이 포함되어 있는 경우도 마찬가지로 설명된다.

(13) '닭장'

[talk] [čaŋ]	*Complex	Obst-C	Max-IO(X-PN)	Ident-IO(F)
a. talk.čaŋ	*!			
b. tal.kčaŋ	*!			
c. tal.čaŋ			*!	
d. tak.čaŋ		*!		
e. ☞ tak.č'aŋ				*

위 표에서 (13a)와 (13b)는 음절 말음 마디와 음절 두음 마디
가 하나 이상의 자음과 연결되어 있으므로 *Complex 제약에 위
배되고, (13d)는 /k.č/를 포함하고 있으므로 Obst-C라는 필수적
제약에 위배된다. 그리고 선택적 제약 가운데 가장 상위의 제약
인 Max-IO(X-PN) 제약의 평가에서 (13e)가 (13c)에 비해 우위
를 차지하므로 최적형으로 출력된다.

5.1.2 경음화의 불투명성

지금까지 다룬 예들은 모두 출력형에서 경음화의 조건이 투명
하게 드러나는 경우에 속한다. 그러나 다음 자료의 경우, 출력형
에서 경음화의 조건이 되는 요소가 사라지고 없으므로, 앞에서
제시한 제약으로 설명하기가 곤란해진다.

(14)   핥고 /halk'o/
       훑지 /hulč'i/

위에 제시한 자료가 실현되는 과정을 지금까지의 설명 방법에 따라 기술하면 다음에 보이듯이 실제 발화형과는 거리가 먼 형태가 최적형으로 선택되게 된다.

(15) '핥고'

[halt^h	ko]	*Complex	Obst-C	Coda-Cond	Max-IO (X-PN)	Ident-IO(F)
a.	hal.t^{h}ko	*!	*!			
b.	hat^h.ko		*!	*!		
c.	hat^h.k'o			*!		*
d.	hat.k'o					*!*
e. ☞	hal.ko					
f.	hat.k'o					*!

이와 같은 결과가 나온 이유는 음절화 과정에서 입력형의 자음군이 하나의 출력형 후보에서 둘 다 음절 말음 위치를 점하는 것은 불가능하다는 데에 있다. 두 자음 중 하나만이 출력형 후보의 음절 말음 위치를 차지하게 되는데, (15c-d)와 같이 경음화의 동기가 되는 요소를 포함하고 있는 후보들은 Coda-Cond 제약이나 Ident-IO(F)제약에 의해 제거되기 때문이다. 따라서 위의 제약들에 의하면 실제의 음성형인 /hal.k'o/와는 달리 (15e)가 최적형이 되어야 할 것이다.

앞(5.1.1)에서 [+CG] 자질 첨가의 동기가 되는 것은 장애음의 연속에 따른 선행 자음의 음절말 폐쇄임을 논하였다. 그러나 /hal.k'o/의 경우 입력형의 자음군 가운데 경음화를 유발하는 장애음이 탈락했음에도 불구하고, 후행음인 /k/가 경음화 한 모습이다. /k/의 경음화가 탈락한 장애음과 관련이 있다는 사실은 이와 대조적인 다음 예를 통해 드러난다.

(16)　갈고 /kalko/
　　　달고 /talko/

(16)은 동사 '갈-'과 '달-'에 연결 어미 '-고'가 결합한 형태이다. 여기서 /l/에 후행하는 /k/가 경음화 하지 않는 것으로 보아 어간의 말음 /l/은 후행 장애음을 경음화 하는 조건이 되지 못함을 알 수 있다.

　결론적으로, /hal.k'o/에서 /k/를 경음화 하게 된 요인은 출력형 후보 안에서의 음운 연쇄 제약이 아니라, 입력형과 출력형 사이의 음운 대응 제약이라고 할 수 있다.[30] 즉, 입력형에서 장애음 뒤에 위치하는 장애음은 출력형에서 경음과 대응되어야 한다. 여기서 또 하나 짚고 넘어갈 일은, 평장애음은 장애음 뒤에서 필수적으로 경음화 하지만, 유기음은 장애음에 후행하더라도 경음화 하지 않는다는 점이다(예; 복코, 석탑 등). 이것은, 유기음의 경우, [+CG]를 지배하는 LN가 이미 [+SG]로 채워져 있기 때문이다.

_____

30) McCarthy(1995)에서는 음운론적 불투명성이 야기되는 것은 분절음의 인접 조건이 표면 층위 외에 다른 층위의 정보를 요구할 때이며, 이와 대조적으로 제약에 대한 위배가 표면 구조에 투명하게 드러나는 것은 모든 조건이 표면 층위의 요소에 대한 것뿐일 때라고 하였다.

즉, 국어의 장애음 연쇄가 허용되는 경우는, 후행 장애음이 [+CG]나 [+SG]로 명시될 때이다. 따라서 앞(5.1.1.)에서 제시한 제약 (7)을 장애음 대응 제약으로 지칭하고 다음과 같이 수정한다.

(17) Obst-C (장애음 대응 제약-수정안)

　　　입력형의 구성 요소 a_1과 a_2의 RN이 모두 무표일 때, a_2에 대응하는 출력형 요소 β_2는 [+CG]를 갖는다.

이제 수정된 Obst-C를 가지고 '핥고'의 출력형 후보들을 평가해 보기로 하자. Gen1에 의해 만들어진 후보 /hal.ko/와 /hat^h.ko/는 둘 다 Obst-C를 위반한다. 출력형 후보의 /k/와 대응되는 입력형의 /k/가 /t/에 후행하는 음이기 때문이다. 가능한 후보들에 대하여 일련의 제약들에 의한 평가가 이루어지는 과정을 보이면 다음과 같다.

(18)

〖 halt^h ∣ ko 〗	*Complex	Obst-C	Coda-Cond	Ident-IO(F)
a.　　halt^h.ko	*!		*!	
b.　　hal.ko		*!		
c.　　hat^h.ko		*!	*!	
d. ☞ hal.k'o				*
e.　　hat.k'o				**!

후보 (18a-c)는 최상위 제약을 어겨 탈락한다. 그리고 입력형에는 PN가 명시된 분절음이 포함되어 있지 않으므로 Max-IO (X-PN) 제약은 최적형 선정에 영향을 미치지 않는다. (18d)와 (18e)의 경쟁에서는 입력형에 보다 충실한 (18d)가 우위를 차지하므로 결국 최적형으로 선택된다.

요컨대 경음화의 불투명성은 음절 구조 제약인 *Complex 및 Coda-Cond와 음운 대응 제약인 Obst-C 제약이 동시에 작용하면서 발생하는 것으로서, 분절음의 인접 조건이 표면 층위 이외의 정보를 요구할 수 있음을 보여주는 예가 된다.

5.1.3 비자동적 경음화 현상과 사잇소리

앞에서 다룬 경음화 현상이 어떤 층위에서건 일정한 음운론적 환경만 갖추어지면 예외 없이 일어나는 자동적인 음운 현상이라면, 여기서 다룰 경음화 현상은 동일한 음운 조건 하에서도 그 실현 여부를 예측할 수 없는 비자동적 음운 현상이다. 이미 언급한 대로 비자동적 경음화 현상에는 합성어 내부에서 일어나는 경음화 현상과, 비음을 어간 말음으로 가진 용언이 활용할 때 장애음으로 시작하는 어미에서 일어나는 경음화 현상, 관형형 어미 '-ㄹ' 다음에 장애음으로 시작하는 체언이 올 때 그 두음이 겪는 경음화 현상이 있다.

우선, 합성어 내부에서 일어나는 경음화 현상을 살펴보도록 하자. 합성어 내부의 경음화 현상은, 그 일부가 사이시옷으로 표시된다. 현행 한글 맞춤법(문교부 고시 제 88-1호)에 의하면 경음화와 관련하여 사이시옷을 적는 경우는, (19)와 같이 합성어에서 앞말이 모음으로 끝날 때이다. 그러나 이렇게 사이시옷이 표기되

는 경우 외에도 (20)과 같이 유성 자음으로 끝나는 말 다음에
경음화가 일어나는 경우가 있다.

(19) 냇가 /nɛtk'a/, 귓밥 /kwitp'ap/, 나룻배 /nalutp'ɛ/,
　　　나뭇가지 /namutk'ači/, 맷돌 /mɛtt'ol/, 바닷가 /patatk'a/,
　　　햇볕 /hɛtp'jət/

(20) 손등 /sontiŋ/, 물결 /mulk'jəl/, 눈동자 /nunt'oŋča/,
　　　전건(前件) /čənk'ən/

(20)의 경우에는 사이시옷 등 표기된 형태는 없지만, 사이시옷
과 같은 역할을 하는 소리가 삽입되었다고 볼 수밖에 없다. 만약
사잇소리가 삽입되지 않았다면, 경음화의 요인이 되는 압축 기류
가 발생할 수 없기 때문이다. 앞 절(3.2.1.)의 음절 구조 조건에서
보았듯이 [+son] 자질은 음절 말음 위치에서 그대로 유지된다.
그러므로 'ㄴ, ㅁ'과 같은 유성음에 장애음이 후행할 때에는, 오
히려 장애음이 음성적으로 유성음화하는 것이 자연스러운 일일
것이다.
　장애음과 장애음 사이에 사잇소리가 들어가는지의 여부는 현
대 국어 자료만으로는 표기상으로나 음성 실현형을 통해서나 확
인할 방법이 없다. 5.1.1.에서 보았듯이 선행어가 장애음으로 끝
나는 경우 후행 평장애음의 경음화는 예외가 없는 음운 현상으
로 형태 정보와 관련 없이 보편적으로 일어나기 때문이다. 단,
고대 국어의 자료는 사잇소리의 원형이라 할 수 있는 'ㅄ'이 장
애음 다음에도 표기되는 등, 음운 환경과는 무관한 쓰임을 보인
다.31) 이것은 고대 국어 단계의 사잇소리 'ㅄ'이 후행어의 음운에

영향을 미치지 않는 순전히 문법적인 요소였음을 시사한다.[32)
따라서 현대 국어에서도 장애음 다음에 사잇소리의 삽입을 무조
건 배제시킬 근거는 없다고 보인다. 만일 사잇소리가 들어간다
해도 음절화 과정에서 자연히 탈락하므로 출력형에 영향을 미치
지 못하기 때문이다.

사잇소리의 기능에 대해서는 명사 합성(최현배, 1937), 속격 표
지(안병희, 1968), 시간·장소·기원·용도 표시(정국, 1980), 통
사적 파격 표시(임홍빈, 1981), 강조(김정수, 1989) 등 다양한 논
의가 있었다. 그러나 각각의 나름대로 예외가 목격되거나, 추상
적인 면이 지적되기도 하여 아직까지도 논란의 여지가 많은 부
분이다. 본고에서는 이 부분에 대해서는 더 이상 깊이 들어가지
않고, 사잇소리의 개재된 경우의 음운 과정에 초점을 맞추어 논
의를 전개하려 한다.

지금까지의 연구를 통해 밝혀진 사잇소리와 인접음 사이에서
일어나는 일련의 음성 현상은 대체로 1) 선행 요소 말음의 촉급
한 폐쇄, 2) 휴지의 지속과 근육 긴장, 3) 후속 자음의 변화[33)로
요약될 수 있다. 여기서 선행 요소 말음을 불파음으로 만들기 위
해 삽입되는 요소에 대해서는 그것을 구체음으로 보는 견해(유
창돈 1964, 허웅 1965, 김진우 1970, 김정민 1972, 김충배 1974,
오정란 1987, 김정우 1994)와 음소가 아닌 자질로 보는 견해(이

---

31) 이기문(1977: 91), 박병채(1971: 307-317) 참조.
32) 박병채(1971)에 따르면, 고대 국어 단계에 음절 말음의 폐쇄는 이루
    어지지 않았고, 경음 계열도 존재하지 않았다. 그런데, 성문 폐쇄는
    근육의 긴장을 필연적으로 수반하여 후행 장애음을 경음화 한다. 따
    라서 경음이 변별적 음소로 자리 잡는 것은 후두음 발생 이후이며,
    경음 자체의 발생은 후두음 발생과 동시적이었을 것으로 추정된다.
33) 후속 자음이 평장애음일 경우에는 후속 자음이 경음화 하고, 비음
    일 경우에는 /ㄴ/이 덧난다.

윤동 1983, 손형숙 1987, 문수미 1989, 양순임 1996, 김동례 1998)로 나뉜다. 그리고 긴장 자질과 관련해서는 후두 긴장이 수반된다고 보는 견해(김충배 1974, 손형숙 1987, 오정란 1987, 김형엽 1990, 시정곤 1993, 김정우 1994)와 후두 긴장 없이 구강 내 긴장만 존재한다고 보는 견해(허웅 1965, 이윤동 1983, 문수미 1989, 양순임 1996, 김동례 1998)가 있다.

① 음소의 삽입으로 보는 경우

우선, 사잇소리를 구체음으로 보는 경우에는 그 기저형이 /s/(김차균 1992), 미파음 /t/(유창돈 1964, 허웅 1965, 김진우 1970, 김정민 1972), 후두폐쇄음 /ʔ/(김충배 1974, 오정란 1987, 김정우 1994) 등으로 설정되었다. 이 가운데, /s/를 기저형으로 잡는 방법은 그 뒤에 바로 불파 규칙을 필수적으로 요하므로 비경제적인 방법이라 생각된다.

미파음 /t/가 삽입된다고 보면, 이것이 선행 요소의 말음을 폐쇄시키고 후행 요소의 두음에 영향을 미친다는 음성 현상을 비교적 수월하게 설명할 수 있다. 그러나 선행 요소가 폐음절로 끝나는 경우(봄비 등)에는 삽입된 자음이 후행어의 경음화를 일으킨 다음에 자음군 단순화의 규칙에 의해 반드시 탈락해야만 하는 절차가 요구된다.

후두 폐쇄음을 기저형으로 잡은 김충배(1974)에서는 단선 음운론의 입장에서 경음화가 일어나는 과정을 다음과 같이 기술하고 있다.

(21) '안방'과 '뱃짐'의 도출

/an+paŋ/		/pɛ+čim/	
an'paŋ		pɛ'čim	Epenthesis
anp'aŋ	pɛč'im	——	Metathesis
——	——	pɛtčim	Neutralization
——	——	pɛtč'im	Tensification
[an'paŋ]	[pɛč'im]	[pɛtč'im]	Surface

(21)에서 [an'paŋ]과 [pɛ'čim]은 성문음이 삽입된 다음에 후행 장애음과 전환되어 경음이 실현된 것이고, [pɛ'tčim]은 성문음이 삽입된 다음에 중화에 이어 경음화가 일어난 것이다. 이러한 설명이 갖는 문제점은, 전위(Metathesis)을 통해 새로운 음소가 만들어진다고 본 것과 수의적 교체형인 [pɛč'im]과 [pɛtč'im]이 각각 다른 과정을 통해 유도되었다는 것이다. 대개 수의적 교체형은 동일한 과정의 마지막 단계에서 유도되거나, 영향력이 약한 제약에 의한 것이기 때문이다.

오정란(1987)에서는 후두음 [ʔ]의 존재를 자립분절 층렬에 가정하고, 후두음이 후행어로 확산되는 것으로 설명한다. 그러나 김동례(1998)에서는 한 언어 내에서 음운론적 역할을 수행하는 각각의 자질은 단지 하나의 층렬에만 나타난다는 Goldsmith의 주장을 들어 이를 반박하였다.

김정우(1994)에서도 역시 국어의 자음 음소들 가운데 자신의 구체적인 음가 실현 없이 선행 요소를 촉급하게 폐쇄시키면서 후속 저해음을 경음화 시킬 수 있는 폐쇄 자음은 성문폐쇄음뿐이라고 하고 사잇소리의 기저형으로 양음절적34) 성격을 갖는 성

---

34) 이것은 '냇가, 콧등' 등의 변이형 중 하나는 후행요소가 경음화 되고

문 폐쇄음을 설정한다. 그러나 성문폐쇄음을 음소로 설정하는 데
에 있어 여전히 이견이 존재하고, 성문폐쇄음이 자음 다음에 실
현되지 못하고 평장애음 이외의 분절에 영향을 미칠 수 없다는
다소 인위적인 제약이 부담으로 남는다.

한편, 경음화와 /n/ 첨가를 동시에 기술하려 한 시도는 안상철
(1985)에서 볼 수 있다. 여기서는 /t/ 삽입 규칙과 /n/ 삽입 규칙을
포괄한 C 삽입 규칙을 제안하고, 이때 C를 [+coronal, −continuant]
의 자질을 갖는 음소로 규정하였다.

(22) C-epenthesis(안상철, 1985: 71)

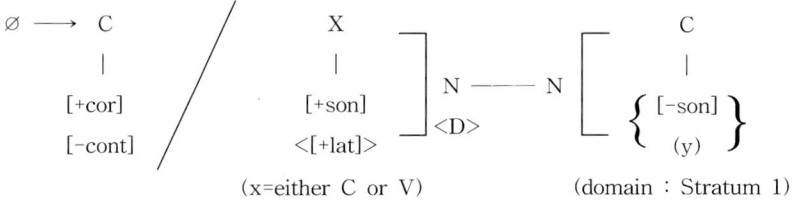

즉, 어휘부의 제1층위에서 종속 합성어가 형성될 때 [+coronal,
−continuant]의 자질을 갖는 음소 C가 삽입되고, 이것이 /n/−실현
규칙 혹은 무표 규약(default rule)에 의하여 각각 /n/과 /t/로 명시
된 후에, 후어휘부에서 /t/가 후행 장애음을 경음화 한다는 것이
다. 이 규칙은, /n/ 삽입과 /t/ 삽입의 연관성을 포착하고 있기는
하지만, 합성어의 경우 사잇소리의 개재 여부는 음운론적 환경으
로써 예측하기 어려우므로 여기에 음운 환경의 제약이 들어가는
것은 문제가 될 수 있다.

도 사이시옷의 실현으로 보이는 음이 표면에 남아있음을 설명하기
위해 마련한 장치이다.

아예 빈 시간 단위가 삽입된 것으로 보는 논의도 있다. 김선희 (1992)에서는 경음화를 빈 시간 단위의 삽입과, 이 시간 단위가 다음에 오는 장애음의 파급에 의해 채워지는 두 과정의 결과로 보았다. 즉, 경음은 평음의 쌍음(géminée: 장음)이며, '아빠', '집 보다', '집뿐'에서 /p'/, /pp/, /pp'/은 모두 동일한 음성 실현을 보인다고 설명한다. 사잇소리가 결과적으로 후행하는 경음화 된 자음의 폐쇄 지속 시간에 해당한다면 이 기간은 경음화 된 자음에 속한다고 해야 할 것이다. 그러나 문수미(1989)에서 언급된 바와 같이 실제 언어 현상에서 한 파열음의 폐쇄 지속 시간에 해당하는 부분은 앞음절의 coda로 가서 붙고, 파열 시간만이 음절의 onset이 된다. 따라서 선행 요소의 말음 위치가 이미 채워져 있는 경우, 빈 시간 단위에 파급된 후행음이 어떻게 폐쇄 자질을 획득하게 되는지에 대해 보다 정밀한 설명이 요구된다.

② 자질의 삽입으로 보는 경우

복선음운론의 도입 이후 대부분의 논의에서는 형태론적 조건에 의한 사잇소리의 개입과 음운론적 과정을 별개로 본다. 미명시 이론을 배경으로 삼고 있는 손형숙(1987) 역시 마찬가지인데, 여기서는 사이시옷의 기저형을 /t'/가 잠재표기된 [+CG]로 잡고, 형태론적 정보를 통해 사잇소리가 개입되면 다른 경음화 현상과 마찬가지로 [+CG] 요소의 확산을 통해 경음화가 일어난다고 주장하였다.[35]

---

35) 김형엽(1990), 시정곤(1993) 등에서도 후두 자질이 삽입되는 것으로 보고 있다.

(23)

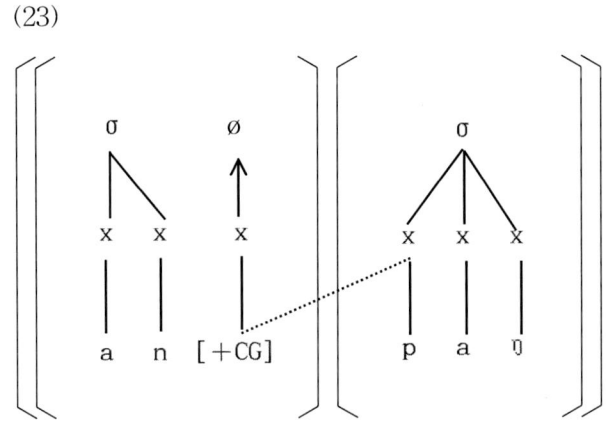

한편, 이윤동(1983), 문수미(1989), 양순임(1996), 김동례(1998) 등에서는 후두 자질의 도입을 반대하고 폐쇄로 인한 긴장 자질의 확산으로 경음화 과정을 설명한다. 김동례(1998)는 폐쇄음의 평음, 경음, 격음 모두가 성문폐쇄음이 아니며, 폐쇄음의 기음 차이는 입 안 공기의 흐름을 조절하는 방법의 차이에 기인하므로 경음은 조음부의 긴장을 수반하는 음으로 보아야 한다고 주장한다.36) 그리고 복합 명사의 경음화에 대해, 일부 복합명사37)의 내부 단어 경계는 공명음에 {tension}을 허가하고, {tension}을 허가받은 공명음이 무성의 닫힘을 수행함으로써 후속 장애음의 닫힘 국면을 배가시켜 경음화가 일어난다고 설명한다.

그런데, 사잇소리를 자질로 취급하게 되면 공통적으로, 선행어 말음이 모음인 경우를 설명하는 데에 무리가 따른다. 가령, '바닷

36) 김영송(1972)에서도 성문화음은 성문이 폐쇄되어 그것이 기동부가 되는 반면, 경음은 성문 폐쇄가 없으며 조음부(입술, 성도)의 긴장을 수반하므로 [+tense, -aspirate]의 변별 자질을 갖는다고 기술한다.
37) 비기술적 종속복합어(non-descriptive sub-compound).

가'가 [padatk'a]로 실현되려면, 손형숙(1987)의 논의를 따를 경우, 사잇소리가 선행어의 말음으로 음절화 되었다가 [+CG] 자질을 확산하고 나서 중화 규칙의 적용을 받아서 삭제된 다음, 그 빈 자리에 무표음인 /t/가 다시 들어간다고 볼 수밖에 없다. 이와 같이 음절 말음의 조건에 어긋나는 [+CG] 자질을 굳이 음절 말음에 포함시켰다가 다시 삭제하는 것은 불필요한 과정으로 보인다. 긴장 자질이 삽입된다고 보아도 마찬가지이다. '잇몸, 웃옷'에서와 같이 후행 자음이 경음화 하지 않고, /ㄴ/이 덧나는 예를 설명하기 위해서는, 긴장 자질이 /ㄴ/으로 실현되어야 하는데, 분절음 층렬에서의 위치를 차지하지 못하는 자질이 음소로 실현되기 위해서는 부자연스러운 과정의 설정이 불가피하기 때문이다.

본고에서는 안상철(1985), 김종미(1984) 등의 논의를 수용하여 사잇소리를 구체적 음소가 아닌 삽입 분절 마디로 설정하는 한편, 그 음운론적 환경과 관계없이 들어간 사잇소리가 음운 환경에 따라 실현 여부 및 실현 형태가 달라질 수 있음을 설명해 보이려 한다. 비자동적 경음화를 유발하는 사잇소리의 삽입은, 그 음운 환경과 상관없이 형태 정보에 의해 일어난다. 따라서 입력형 자체가 이를 포함하고 있어야 하는데, 현 표기 체제는 이를 담당하지 않고 있으므로 어휘부에서 그 역할을 맡도록 하고, 사잇소리 삽입의 표시를 ℂ로 하기로 한다. 여기서 ℂ는 합성어의 형태통사적 구조를 반영하는 형태소이며, 명시된 자질을 지니지 않고, 단지 무표 자음이 삽입될 위치만을 나타낸다. 따라서 표기에 사이시옷이 나타나지 않는 경우, 가령, '손등'과 같은 어휘의 입력형은 〖son〗〖tiŋ〗이 아닌 〖son〗 ℂ 〖tiŋ〗와 같이 되며, ℂ는 음소적으로는 국어의 자음 중 가장 무표적인 음소 /t/로 실현된다.38) 이것은 결과적으로 후행 장애음을 경음화 하는 원인이 되지만, [+CG]로 명시되지는 않는다. [+CG]는 그 환경으로 인해 파생되는 자질일 뿐 사잇소리 자체에 [+CG]가 연결되어 있는 것은 아니기 때문이다.

그런데, ⓒ가 음절 마디와 연결되는 것은 이것이 놓인 자리의 coda 자리가 비어있을 때이다. 따라서 입력형의 요소가 출력형에 대응되는 요소를 가져야 한다는 원칙은 다음과 같은 등급의 제약을 내용으로 하고 있음을 알 수 있다.

(24) Max-IO(B)≫Max-IO(ⓒ)

여기서 B는 어기(base)를, ⓒ는 삽입 자음을 표시한다. 위에 기술한 두 제약 간의 등급은 어기의 요소가 삽입음보다 우선적으로 실현될 것을 요구한다. 앞에서 제시한 자료 가운데, '손등'과 '냇가'를 예로 들어 그 실현 과정을 살펴보기로 하자.

(25) '냇가'

〖nɛ〗ⓒ〖ka〗	Obst-C	Max-IO(B)	Max-IO(ⓒ)	Ident-IO(F)
a. nɛ.ka			*!	
b. nɛt.ka	*!			
c. ☞ nɛt.kʼa				*

---

38) 삽입음의 궁극적인 실현은, 그 음운 환경에 따라서 둘 이상의 필수적 제약이 영향을 미치는 경우 더 다양화할 수 있으나, 여기서는 경음화와 관련한 현상의 설명에 중점을 둔다.

(26) '손등'

[son] ℂ [tiŋ]	*Complex	Obst-C	Max-IO(B)	Max-IO(ℂ)	Ident-IO(F)
a.　　　 son.tiŋ		*!		*	
b.　　　 sont.tiŋ	*!				
c. ☞ son.t'iŋ				*	*
d.　　　 sot.t'iŋ			*!		*

    (25)에서 후보 (25a)와 (26b)는 그 자체의 구조만을 평가하는 음운 연쇄 제약이나 음절 구조 제약에 어긋나는 요소는 포함하지 않고 있어 필수적 제약군을 모두 만족시키는 것으로 보일 수 있다. 그러나 입력형과의 대응 관계를 고려하면, (25a)의 경우에 입력형의 삽입음 ℂ에 대응하는 출력형 요소가 없으므로 Max-IO(ℂ)에 어긋난다. 후보 (25b)의 경우에는 후행하는 /k/와 대응 관계에 있는 요소가 /k/로 되어 있어 Obst-C 제약과 위배됨이 드러난다. 삽입음 ℂ는 완전한 무표이므로 그 후행 자음과 대응되는 출력형 요소가 평장애음이어서는 안되기 때문이다. 따라서 /k/에 [+CG]가 첨가되고, ℂ가 구체적인 음소 /t/로 구현된 (25c)가 최적형으로 선택된다. (26)의 경우에는 모든 과정이 (25)와 동일하나, 출력형 후보에서 ℂ가 놓이는 위치의 coda 자리가 이미 채워져 있으므로 여기서 사잇소리는 구체적 음소로 구현되지 못한다.

    다음에는, 비음으로 끝나는 용언 어간이 장애음으로 시작하는 어미와 결합하는 경우를 보자. 이 경우에 어미의 장애음은 예외 없이 경음화 한다.

(27) 신고 /sink'o/   신지 /sinč'i/   신다 /sint'a/

감고 /kamk'o/   감지 /kamč'i/   감다 /kamt'a/

이러한 현상에는 용언의 활용이라는 특정한 범주적 환경이 요구되는데, 이 사실은 '신과, 신도, 감과, 감도' 등 체언과 조사가 결합하는 경우에 경음화가 일어나지 않는다는 것과 비교하면 보다 명확하게 드러난다. 또한, 동사에 시상 형태 '-ㄴ-'이 결합한 경우에도 후행 장애음의 경음화는 일어나지 않는다.

(28) 간다 /kanta/   온다 /onta/

이에 대한 기존의 설명 방식은 크게 두 가지로 나뉜다. 하나는, 해당 어간 말음의 기저형에 경음화를 일으키는 음소나 자질이 있다고 보는 쪽이고, 다른 하나는 장애음으로 시작하는 어미가 동일한 패러다임을 유지하기 위해 경음화 규칙이 확대 적용되었다고 보는 쪽이다. 전자에 해당하는 논의로는 김성규(1988)이 대표적인데 여기서는 '감-'의 기저형을 둘로 분류하고, 자음으로 시작하는 어미는 기저형 /kaːmʔ/과, 모음으로 시작하는 어미는 기저형 /kamʔ/과 결합한다고 기술하였다.

(29) kaːmʔ+ta   →   kaːmt'a

kamʔ+a   →   kama

그러나 위의 논문에서는 /ʔ/을 독립된 음소로 설정했음에도 불구하고 모음과 연결되는 경우에 이 음소가 탈락하는 이유에 대해서는 언급하지 않고 있다.

둘째로, 장애음 말음의 어간 다음에서 장애음 두음의 어미가 경음화 하는 규칙이, 비음 말음의 어간 다음으로 적용 영역이 확대되었을 가능성을 언급한 논문에는 김정우(1994a)가 있다. 그러나 이러한 설명이 설득력을 가지려면 'ㄹ'을 말음으로 갖는 어간 다음에서는 이러한 패러다임이 왜 적용되지 않는가에 대한 이유가 먼저 밝혀져야 할 것이다.

본고에서는 용언 활용의 경우에도 합성어의 경우와 마찬가지로 입력형에 경음화의 요인이 되는 사잇소리를 포함시켜야 할 것으로 본다. 단, 합성어와 달리 용언 활용의 경우에는 어간의 음운 조건에 따라 경음화의 적용 여부가 판명되므로 사잇소리는 어간에 속하게 될 것이다. 그런데, 사잇소리가 음절 두음으로 실현되는 일은 없으므로 다음과 같은 제약이 요구된다.

(30) $*[_\sigma \mathbb{C}$

       삽입 마디는 음절 두음과 대응할 수 없다.

다음에 제시한 표 (31)과 (32)는 사잇소리를 어간에 포함시킬 때, 이와 연결되는 어미의 두음이 자음이냐 모음이냐에 관계없이 적절한 음성형이 출력되는 것을 보여준다. (32)와 같이 모음으로 시작하는 어미가 연결될 때에는 $\mathbb{C}$의 후행음의 RN가 [+son]으로 명시되므로 Obst-C 제약이 영향을 미치지 못하고, Max-IO 제약의 상위에 존재하는 $*[_\sigma \mathbb{C}$ 제약이 삽입음의 실현을 차단한다.

(31) '신고'

⟦ sinℂ	ko ⟧	*Complex	Obst-C	Max-IO(B)	Max-IO(ℂ)	Ident-IO(F)
a. sint.ko	*!				
b. sint.k'o	*!				*
c. sin.ko		*!		*	
d. sit.k'o			*!		*
d. ☞ sin.k'o				*	*

(32) '신어'

⟦ sinℂ	ə ⟧	*Complex	Obst-C	*[σℂ	Max-IO(B)	Max-IO(ℂ)	No Coda
a. sin.tə			*!			*
b. sint.ə	*!					*
c. sin.ə					*	*!
d. ☞ si.nə					*	

　　(31)에서 사잇소리를 분절음으로 실현시킨 후보 (31a)와 (31b)
는 하나의 음절 구성 마디에 둘 이상의 분절음이 연결되어 있으
므로 *Complex 제약을 위반한다. 삽입음을 실현시키는 대신 어
기의 분절음이 탈락된 후보 (31d)는 *Complex 제약에 대한 위반
은 피할 수 있으나, Max-IO(B)의 위반은 피하지 못한다. 따라서
어기의 분절음을 모두 실현시키고, 입력형에서 ℂ 다음에 놓인
/k/의 대응음을 /k'/로 실현시킨 후보 (31e)가 최적형으로 출력된
다. 이와 달리 사잇소리 다음에 모음이 위치한 (32)의 경우에는
*Complex 제약이나 Max-IO(B) 제약을 위반하지 않고도 사잇소

리를 실현시키는 것이 가능하다. 그런데, 실제로 (32a)와 같은 출력형이 발견되지 않는다는 사실은 *[₀C 제약이 Max-IO(C) 제약의 상위에 존재한다는 증거가 된다.

마지막으로, 미래를 나타내는 관형형 어미 '-ㄹ'뒤에 장애음으로 시작하는 체언이 올 경우를 살펴보자. 이 경우에도 경음화는 필수적으로 일어난다.

(33)   할 것   /-lk'-/
        갈 데   /-lt'-/
        갈 사람 /-ls'-/
(34)   할걸   /-lk'-/
        할밖에 /-lp'-/
        할수록 /-ls'-/

(33)은 관형사형 어미 '-ㄹ'과 체언의 구성이고, (34)는 '-ㄹ'과 의존 명사의 구성이 하나의 어미로 재구조화된 경우이기는 하지만 분석적 시각에서 보면 (33)과 크게 다르지 않다. 여기서 일어나는 경음화의 요인은 둘 다 관형사형 어미 '-ㄹ'에 의한 것이므로, 비음으로 끝나는 어간과 마찬가지로 관형사형 어미 '-ㄹ'의 입력형에 경음화를 일으키는 요소를 포함시키는 방안을 생각해 볼 수 있다.

(35) '갈 사람'

〖 ka ㅣlC 〗 〖 sa-	*Complex	Obst-C	Ident-IO(F)
a. kalt.sa-	*!	*!	
b. kalt.s'a-	*!		
c. kal.sa-		*!	
d. ☞ kal.s'a-			*

(36) '할걸'

〖 ha ㅣlCkəl 〗	*Complex	Obst-C	Ident-IO(F)
a. halt.kəl	*!	*!	
b. halt.k'əl	*!		
c. hal.kəl		*!	
d. ☞ hal.k'əl			*

위의 두 입력형은 그 형태적 구조의 분석 방법에 따라 같은 양
상으로 나타날 수도 있고 다른 양상으로 나타날 수도 있다. (35)
는 관형사형 어미 '-ㄹ' 다음에 체언이 온 경우로, 이 때의 결합
관계가 매우 생산적이라는 데에 이견이 없으므로 관형사형 어미
와 체언이 각각 사전에 따로 등재된다. 따라서 사잇소리의 표시
는 관형사형 어미 '-ㄹ' 다음에만 하면 된다. 그런데 (36)의 경우
에는 '-ㄹ걸'을 하나의 형태로 취급하느냐 두 개의 형태로 취급
하느냐에 따라 표시 방법이 달라질 수 있다. 이를 현행 맞춤법에

서와 같이 하나의 형태로 취급한다면 '-ㄹ'을 포함하여 재구조화된 어휘들 자체에 일일이 사잇소리를 표시해 주어야 한다. 반면, 분석적 태도를 취하여 '-ㄹ'과 후행 어휘를 별 개의 형태로 취급한다면, (35)의 경우와 일관되게 처리할 수 있게 될 것이다.

이와 같이 관형형 어미 '-ㄹ' 다음에 경음화를 일으키는 요소를 설정한다면, 후행 요소의 형태 통사론적 조건에는 관계없이 그 음운적 조건에 의해 예외 없이 경음화가 일어나야 한다. 그런데 다음 예를 보면 반드시 그렇지 않다는 것을 알 수 있다.

(37) 갈 그 사람
     선물 살 저금통의 돈

(38) 갈 사람
     선물 살 돈

(37)은 관형형 어미와 피수식 어휘 사이에 다른 수식어구가 끼어 들어간 경우이다. (38)의 경우와 비교해 보면, (37)에서 경음화를 차단하고 있는 것은 중간에 삽입된 또 다른 수식어구이다. 이와 같이 관형형 어미와 그 수식 대상이 인접할 때에만 경음화가 일어나는 현상을 설명하기 위해서는 경음화의 실현 영역을 제한할 필요가 있다.

김형엽(1990)에서는 경음화가 일어나는 것은 음운적 단어 안이어야 한다고 하고, 음운적 단어의 조건을 다음과 같이 설정하였다.

(39) 음운적 단어의 조건

    ㄱ. 어간

    ㄴ. 음운론적 기준 또는 형태론적 기준에 의해 확인된 요소

여기서 음운론적 기준은 어간과 접사의 경우에 요구되는 것으로서 경음화 현상 및 유성음화 현상의 적용 여부를 가리킨다. 형태론적 기준은 합성어의 경우에 요구되는 것으로 유속합성어인지 아닌지의 여부를 가리킨다. 이 논문에 따르면, '먹을 밥'은 하나의 음운적 단어이고 '먹을 그 밥'은 '먹을', '그', '밥'이라는 세 개의 음운적 단어로 이루어져 있다. 그리고 후자에서 경음화가 일어나지 않는 이유는 그것이 하나의 음운적 단어가 아니기 때문이라고 설명하였다. 그러나 경음화가 음운적 단어 설정의 기준이 되고, 다시 하나의 음운적 단어이기 때문에 경음화가 일어난다고 하는 것은 순환적 논리로 볼 수 있다.

유필재(1994)에서는 음운론적 구(phonological phrase)를 경음화의 실현 영역으로 할 것을 제안하였다. 그는 음운론적 구의 경계를 나타내는 표지는 휴지(pause)이며, 통사 구조와 의미론적인 초점이 음운론적 구의 결정 요소가 된다고 하였다. 즉, 통사적·의미적 긴밀성이 음운론적 구 실현에 영향력을 발휘하며, 이러한 긴밀성은 통사적 계층 구조에서 가장 낮은 계층을 이루는 구성에서 발견된다는 것이다. 이는 매우 설득력 있는 제안이지만, 좀 더 구체화될 필요가 있다고 보인다.

음운론적 구에 대한 정의를 내리는 데 있어서 통사 의미적 정보를 이용한 논의는 박덕수(1990)에서도 보인다. 그는 음운론적 구를 영역으로 삼는 규칙들은 보충어(complement)-중심어(head)의 관계가 성립하는 두 단어 사이에서 적용되며, 보충어-중심어란

수식어(modifier)—중심어(head)의 관계이거나 논항(argument)—중심어(head)의 관계를 가리킨다고 말한 바 있다.

본고에서는 선행 연구에서 제시되어 온 개념을 종합하여 의존 조건과 긴밀성 조건을 음운론적 구의 기준으로 삼고자 한다. 즉, 본고에서 말하는 음운론적 구란 보충어(CP)와 중심어(NP)로 이루어졌으며, 통사적 계층구조 상에서 중심어가 보충어를 성분 통어(c-command)[39]할 때의 구성을 가리킨다. 앞에서 보인 '갈 사람'과 '갈 그 사람' 다음과 같은 계층 구조를 갖는 것으로 분석된다.

(40) 갈 사람　　　　　　　　　(41) 갈 그 사람

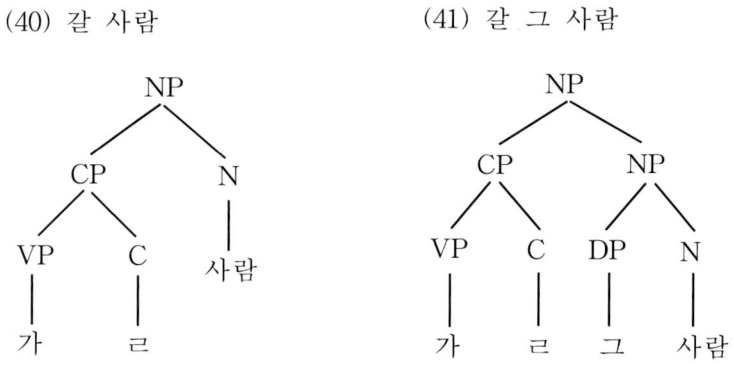

(40)의 경우에는 '갈'과 사람'이 보충어—중심어의 의존 관계를 가지며 '사람'이 '갈'을 성분 통어하는 반면, (41)의 경우에는 '갈'과 '사람'이 역시 의존 관계에 있기는 하지만, '사람'이 '갈'을 성분통어하지 못한다. (41)에서 '사람'이 성분 통어하는 것은 '그'이다. 따라서 (40)에서 '갈 사람'은 하나의 음운론적 구를 이루지만, (41)에서는 '갈'과 '그 사람'이 각각 하나의 음운론적 구를 이룬다.

---

39) X c-commands Y iff(=if and only if) the first branching node dominating X dominates Y, and X does not dominate Y, nor Y dominate X. (Radford, 1988: 115)

똑같은 관형형 어미 '-ㄹ' 뒤에서 경음화가 일어나는 구성과 경음화가 일어나지 않는 구성의 차이는 이와 같이 그 구성이 하나의 음운론적 구를 이루느냐 아니냐에 있다. 즉, 경음화는 음운론적 구의 경계를 넘어서는 적용되지 않는 것이다. 따라서 앞서 설정한 장애음 대응 제약(Obst-C)에 다음과 같이 영역과 관련한 조건이 추가된다.

(42) Obst-C(장애음 대응 제약-최종 수정안)

　　　입력형의 구성 요소 a_1과 a_2가 하나의 음운론적 구(Phonological Phrase)에 속하고, 인접한 두 요소의 RN가 무표일 때 a_2에 대응하는 출력형 요소 β_2는 [+CG]를 갖는다.

위의 제약이 앞에서 제시했던 제약과 비교하여 달라진 점은 β_2가 음운론적 구 경계 앞에 오는 음운 정보를 볼 수 없게 되었다는 점이다. 음운론적 구의 경계를 [P-Phr 로 표시하기로 할 때, 가령, 앞에서 제시한 '갈 그 사람'의 입력형은, ⟦ka ㅣlC⟧⟦P-Phr ⟦kɨ⟧⟦salam⟧이 된다. 여기서 인접한 C와 /k/는 RN과 LN이 모두 무표이지만 그 사이에 음운론적 구 경계가 있으므로 /k/에 대응하는 출력형 요소가 평장애음이라 해도 Obst-C에 위배되는 것은 아니다. 따라서 입력형에 충실한 /kal.kɨ.sa.lam/이 최적형으로 선택되는 것이다.

위의 제약이 영향을 미치지 못하는 것은, 후행어가 명사구 구성이나 합성어로 되어 있을 때에도 마찬가지이다.

(43) 먹을 사과와 배

　　ㄹℂ] 〚 P-Phr 〛sa

(44) 먹을 비빔밥

　　ㄹℂ] 〚 P-Phr 〛pi

(43)과 (44)는 관형형 어미 'ㅡㄹ'이 명사구 구성 또는 합성어와 연결될 때 입력형이 포함하는 경계를 표시한 것이다. 이 경우에도 역시 'ㅡㄹ' 뒤의 'ㅅ'이나 'ㅂ'이 경음화 하지 않는 이유는 ℂ와 분절음 사이에 음운론적 구 경계가 있어 Obst-C 제약의 기능이 차단되기 때문이다.

5.2 유기음화

5.2.1 순행적 유기음화와 역행적 유기음화

유기음화는 장애음이 'ㅎ'과 인접한 경우에 일어난다. 국어에서 장애음과 'ㅎ'이 인접하는 경우는 다음과 같다.

(45) 좋다, 놓고, 많고, 닳지
(46) 각하, 먹히다, 넓히다

위의 예에서 일어나는 음운 현상에 대한 기존 연구는 크게 두 부류로 나뉜다. 하나는 (45)와 (46)의 현상을 같은 음운 현상으로 묶어서 설명하는 쪽이고(허웅 1965, 이승재 1980 등), 다른 하나는 둘을 별개의 규칙으로 설명하는 쪽이다(이병근 1967, 김영석 1984, 배주채 1989, 김주필 1990 등). 전자에서는, 장애음과 'ㅎ'이 만나면 놓이는 순서에 관계없이 유기음으로 축약된다고 보고, 다음과 같은 거울 영상 규칙으로 설명하였다.

(47) /h/ % C→C^h

이에 의하면 'ㅎ'이 선행하고 장애음이 후행하는 경우에는 먼저 음운 도치가 일어난 후 축약이 일어나야 하는데, 이병근(1967)에서 논의된 바와 같이 유기음을 두 음소의 연쇄가 아닌 한 음소로 보는 이상 그러한 음운 도치는 인정되지 않는다.

(45)를 (46)과 같이 축약으로 설명할 때 또 하나의 문제는, 형태소 자체에 유기음이 포함된 경우와 비교할 때 그 실현형에 있어 차이가 난다는 점에 있다.

(48) 자타(自他)   /čat^{h}a/ ~ */čatt^{h}a/
     개코   /kɛk^{h}o/ ~ */kɛtk^{h}o/
     기어코   /kiək^{h}o/ ~ */kiətk^{h}o/

(49) 좋다   /čot^{h}a/ ~ /čott^{h}a/
     놓고   /nok^{h}o/ ~ /notk^{h}o/

즉, (48)의 경우에는 두 번째 교체형과 같은 발음으로 실현되는 일이 없는 반면, (49)의 경우에는 두 번째 교체형과 같은 발음으로 실현되는 일이 오히려 더 빈번하게 일어난다. 따라서

134

(45)에서 보이는 유기음화는 축약 현상이 아니라 경음화와 마찬
가지로 자질의 첨가 현상으로 보는 것이 타당하다. 그리고 (46)
은 일종의 동시 조음 현상으로(김영석, 1984:354 참조), (45)와
같은 음운 현상이라고 보기 어렵다. 그러므로 본 장의 논의는
(45)와 관련된 음운 현상의 설명에 집중하기로 하겠다.

5.2.2 유기음화의 불투명성

기존의 연구 가운데, (45)를 (46)에서 일어나는 음운 현상과
별개의 것으로 보는 입장에서는 유기음화에 대해 다음과 같은
규칙을 세웠다.

(50) 유기성 동화 규칙(배주채, 1989:77)

$$
\begin{bmatrix} -son \\ -cont \\ -ten \end{bmatrix} \rightarrow [+asp] \ / \ \begin{bmatrix} -cons \\ +asp \end{bmatrix} _____
$$

(51) 'ㅎ' 축약 규칙(배주채, 1989:79)

$$
\begin{bmatrix} -son \\ -str \\ -ten \\ \alpha\ ant \\ \alpha\ cor \end{bmatrix} \begin{bmatrix} [-cons] \\ [+asp] \end{bmatrix} \rightarrow \begin{bmatrix} -son \\ -str \\ +asp \\ \alpha\ ant \\ \alpha\ cor \end{bmatrix}
$$

(50)은 순행적 유기음화를 설명하기 위한 규칙으로, 'ㅎ' 뒤에
서 평장애음이 유기음화한다는 것을 나타내고, (51)은 소위 역행
적 유기음화가 평장애음과 'ㅎ'의 축약에 의한 것임을 나타낸다.
이러한 논의에 따르면, '놓고'는 다음과 같은 과정을 거쳐 생성되

는 것이 된다.

(52) 놓고 → 놓코 → 녿코 → 녹코 → 노코
       유기성 동화   음절말 중화   위치 동화   중복 장애음 탈락

여기서 위치 동화와 중복 장애음 탈락은 수의적으로 일어난다. 이와 같은 설명 방식을 취할 때 문제가 되는 것은 역시 외재적 규칙순이다. 'ㅎ'의 중화가 일어나고 나면, 유기음화의 환경이 없어지기 때문이다. 이의 해결을 위해서 위 논문에서는 장애음의 평폐쇄음화(중화) 규칙과 'ㅎ'의 평폐쇄음화 규칙을 따로 세워 장애음은 기저 음절 경계 앞에서 중화되지만, 'ㅎ'은 유기음, 경음, 마찰음, 비음, 유음 앞에서 중화된다고 기술했다. 그러나 이러한 해결은 중화의 원인을 파악하기 어렵게 만든다.

유기음화 현상이 이와 같이 불투명성을 갖게 된 데는, 경음화와 마찬가지로 입력형과 출력형 간의 대응 제약이 영향을 미치기 때문인 것으로 파악된다. 즉, 입력형에서 'ㅎ'과 장애음의 연쇄가 발견될 때, 이 장애음과 대응하는 출력형의 요소를 유기음화하는 [+SG] 자질이 첨가되는 것이다. 이렇게 되면 /ㅎ/이 음절 말음 조건(Coda-Con)에 의해 중화하는 것은 유기음화를 방해하지 않는다.

여기서 유기음화를 위한 장애음 대응 제약을 다음과 같이 정의할 수 있다.

(53) Obst-S(장애음 대응 제약)
       입력형의 요소 a_1a_2에서 a_1의 명시 자질이 [+SG]일 때, a_2에 대응하는 출력형 요소 β_2는 [+SG]를 갖는다.

그리고 이러한 원리에 따라 앞에 제시된 자료들의 음운 실현
양상을 분석하면 아래와 같이 나타난다.

(54) '좋다'

[čoh	ta]	Coda-Con	Obst-S	Ident-IO(F)
a.　　čoh.ta	*!	*!	
b.　　čot.ta		*!	*
c.　　čoh.tʰa	*!		*
d. ☞ čot.tʰa			**

(55) '싫다'

[silh	ta]	*Complex	Coda-Con	Obst-S	Ident-IO(F)
a.　　sil.hta	*!		*!	
b.　　sil.ta			*!	
c.　　sih.ta		*!	*!	
d. ☞ sil.tʰa				*
e.　　sit.tʰa				**!

(54)에서 입력형에 충실한 후보 (54a)는 구성 요소 가운데 음절
말음 위치에 놓인 /h/가 [+SG]를 가지고 있고, 입력형의 /h/에 후
행하는 /t/의 대응음 /t/가 평장애음이므로 필수적 제약을 둘이나
(Coda-Cond와 Obst-S) 위반한다. 이 두 가지 위반 요소가 모두
제거된 후보 (54d)는 그 구성 요소인 /t/와 /tʰ/가 입력형의 대응소
와 자질 명시에서 일치하지 않는다는 결점이 있지만, 필수적 제약

을 지키는 다른 경쟁 상대가 없으므로 최적형으로 출력된다.

(55)는 입력형의 어간 말음이 자음군을 포함하고 있는 경우로, 이 가운데 어떤 분절음이 출력형 후보의 음절 말음 위치에 놓이느냐에 따라 그것이 위반하는 필수적 제약의 종류가 달라진다. 위반하는 필수적 제약의 수가 많을수록 그 필수적 제약을 만족시키기 위해 감수해야 하는 비용은 늘어나게 마련이다. 따라서 충실성 조건의 희생을 최소로 할 수 있게 하기 위해 필수적 제약에 위배되는 요소가 적은 쪽이 선택된다. 출력형 후보 (55b)는 Obst-S 제약만을 위반하는 데에 비해 (55c)는 Coda-Cond 제약 및 Obst-S 제약을 위반한다. 그러므로 자음군 가운데 /l/을 실현시킨 후보 쪽이 최적형으로 선택될 가능성이 높다. 마지막으로, 자음군 가운데 /h/가 음절 말음에 연결되는 대신 음절말음 조건에 어긋나는 요소가 제거된 (55e)와 같은 후보를 가정해 볼 수 있다. 이 경우 (55e)를 (55d)와 비교해 보면, (55d)는 /t/에 [+SG]가 첨가된 것이고 (55e)는 /h/와 /t/에 각각 말단 자질의 삭제와 [+SG]의 첨가가 일어난 것이다. (55d)와 (55e)는 선택적 제약의 하나인 Ident-IO(F)의 평가를 거쳐 더 나은 후보가 가려지게 되므로, 결국 입력형의 형태에 보다 가까운 (55d)가 최적형이 된다.

5장의 논의를 요약하면, 경음화 및 유기음화 현상이 가지는 불투명성은, 그러한 변동을 유발하는 제약이 표면 음성에 대한 것이 아니라 입력형과 출력형 간의 대응 관계에 대한 제약인 데에 기인한다. 즉, 장애음의 연쇄가 음절화 이후에도 계속 유지되는 경우에는 경음화 및 유기음화의 원인이 투명하게 드러나지만, 자음군 단순화나 사잇소리의 삽입 등으로 인해 표면에서 장애음의 연속이 눈에 띄지 않는 경우에는 그 원인을 규명하기가 쉽지 않

은 것이다. 본고에서는 그러한 변동의 원인을 포함하고 있는 입
력형에 대한 인식이 출력형 산출 과정에서도 유지된다는 점을
대응 제약이라는 용어를 써서 표현하고, 이를 필수적 제약 안에
포함시켰다.

(56) 필수적 제약

　　　 Obst-C,　 Obst-S

　사잇소리가 삽입된 경우에는 입력형에 구체적 음소가 아닌 단
순히 모든 마디가 비어 있는 무표음이 들어갈 자리만을 표시해
줌으로써 사잇소리의 음소적 실현의 다양성을 설명할 수 있게
되었다. 그리고 동일한 형태론적 조건의 어휘소에서 그 음운론적
환경에 따라 사잇소리의 실현 여부가 달라지는 이유는 다음과
같은 선택적 제약의 순위 때문이라는 점을 밝혔다.

(57) 선택적 제약

　　　 $*[_\sigma \mathbb{C}$　 $\gg$ 　 Max-IO(B)　 $\gg$ 　 Max-IO($\mathbb{C}$)

　즉, 모음과 자음 사이에 사잇소리가 놓일 경우에는 사잇소리가
분절음으로 실현됨과 동시에 후행음을 경음화 하고, 자음과 자음
사이에 사잇소리가 놓일 경우에는 사잇소리가 분절음으로 실현
되지 못하면서 후행음을 경음화 하여 음운론적 불투명성을 유발
하는데, 이는 Max-IO(B) 제약이 Max-IO($\mathbb{C}$) 제약보다 상위에
있기 때문이다. 그리고 자음 어간과 모음 어미 사이에서 사잇소
리가 아무런 흔적을 남기지 않는 것은 Max-IO 제약이 $*[_\sigma \mathbb{C}$ 제
약의 하위에 놓이기 때문인 것으로 볼 수 있다.

6. 결 론

지금까지 국어의 자음 체계 안에서 일어나는 음운 변동 원리와 이에 영향을 미치는 제약에 대하여 고찰하였다. 특히 음운 현상에 광범위하게 영향을 미치는 비음운론적 영역 내의 규칙성을 음운론의 영역 안으로 끌어들여, 표면상 통합이 어려운 현상들에서 공통점을 파악하는 데에 주력하였다. 이를 위하여 제약과 생성자의 개념을 새롭게 정의하고, 제약을 그 성격 및 기능에 따라 필수적 제약과 선택적 제약으로 나누었다.

필수적 제약은 위반을 허락하지 않는 제약이며, 최상위에 놓여 다른 모든 제약을 지배하고 있고, 변동의 본질적인 원인으로서 작용한다. 필수적 제약에 속하는 제약에는, 음절 구조를 제한하는 *Complex 제약, 음절 구조 안에 놓이는 위치에 따라 분절음의 자질을 제한하는 Coda-Cond 제약, 발음하기 어려운 음운 연결을 금지하는 CS 제약, Agree-MN 제약, 입력형과 출력형 사이에 일정한 대응 관계를 요구하는 Obst-C 제약과 Obst-S 제약이 있다. 이들 필수적 제약의 요구를 만족시키기 위해 출력형은 입력형의 모습 그대로 유지할 수 없게 되며, 그 양상은 자질 삭제나 확산, 첨가와 같은 다양한 방향으로 나타난다.

선택적 제약은 위반이 가능한 제약으로, 조음 편의나 의미 전달 강화를 위해 설정되는 제약이다. 제약에 따라 상대적인 중요도를 가지므로 제약 간 위계를 이루고 있다. 이에 속하는 제약으로는, 무표적 음절 구조(CV)를 만드는 No Coda 제약과 Onset 제약, 단어 경계와 음절 경계를 일치시키려는 Align-R 제약, 동일한 자질이 연속하는 것을 금지하는 OCP, 분절음의 탈락을 막는 Max-IO 제약군, 분절음의 삽입을 막는 Dep-IO 제약, 자질 변화를 제한하는 Ident-IO(F) 제약, 동화의 방향을 결정하는 Mark 제약, 삽입마디와 대응하는 음절 위치를 제한하는 *[ₒℂ 제약, 실현형들 사이의 차이를 최소로 하려는 UE 제약 등이 있다. 그리고 이들 제약이 이루는 계층에 따라 최적의 출력형이 결정된다. 각 장에서 밝혀진 이들 제약 사이의 지배 관계와 그 효과는 다음과 같다.

(1) 제약 간의 위계와 효과40)

	위 계	효 과
3장	Max-IO, Dep-IO≫No Coda	연음 (10-12)
	Coda-Cond≫Faith	음절말 자음의 중화 (17)
	Align-R≫Ident-IO(F)≫Onset	중화의 과도 적용 (25)
	*Complex≫Faith	자음군 단순화 (28-30, 33)
	Max-IO(X-PN)≫Max-IO	주변성 자음의 우선적 실현 (28-30)
	OCP≫Max-IO(X-PN)	주변성 자음 실현의 억제 (33)
	UE≫OCP	체언 및 일부 용언 어간의 실현 통일 (34)
4장	CS≫Faith	비음화 (13-18)
	Agree-MN≫Faith	유음화 (25-26)
	Ons-Cond≫Mark	유음화의 과소 적용 (31-32)
	Ident-IO(F)≫Ons-Cond	두음 법칙의 과소 적용 (35)
5장	Obst-C≫Faith	경음화 (8-13, 18)
	Obst-S≫Faith	유기음화 (54-55)
	Max-IO(B)≫Max-IO(ℂ)	사잇소리의 탈락 (26)
	*[ₒℂ≫Max-IO(ℂ)	사잇소리와 음절 두음 마디의 연결 차단 (32)

---

40) Faith는 충실성 제약을 총칭하는 말이고, 괄호 안의 숫자는 각각의 효과를 보이기 위하여 본론의 각 장에서 제시한 표의 번호이다.

3장에서는 음절 구조에 관련된 제약과 그로 인한 음절말 중화, 자음군 단순화 현상을 다루었다. 국어의 음절 구조를 제한하는 필수적 제약은 *Complex 제약과 Coda-Cond 제약이다. 이 두 제약은 필수적 제약 외의 모든 음운 제약 및 충실성 제약들 위에 존재하는 최상위 제약이므로, 자음군 가운데 하나는 필수적으로 탈락되고, 말단 자질이 명시된 자음은 중화가 불가피하다. 자음의 음절말 중화는 어말이나 자음 앞에서 뿐 아니라, 모음으로 시작하는 어휘 형태소 앞에서도 일어나는데, 이것은 Align-R 제약이 Ident-IO (F) 제약의 상위에 있기 때문인 것으로 설명된다. 그리고 자음군 단순화의 일반적 경향인 주변 자음의 실현은 Max-IO(X-PN) 제약이 Max-IO 제약보다 상위 제약이기 때문이며, 후행 음운 환경에 따라, 혹은, 어휘에 따라 발견되는 표면상의 불규칙성은 Max-IO (X-PN) 제약을 지배하는 OCP나 UE 제약에 기인한다.

4장에서는 음운 연결 제약과 관련한 비음화와 유음화 현상을 다루었다. 비음화가 일어나는 것은, 입력형에 충실한 출력형 후보가 자음 강도 제약 CS에 어긋나기 때문이며, 유음화는 MN에서만 차이를 보이는 두 분절음의 연쇄를 금지하는 Agree-MN 제약에 어긋나기 때문이다. 따라서 이 경우에 CS 제약 및 Agree-MN 제약을 위반하지 않도록 하기 위해 입력형과의 동일성을 희생한 후보가 최적형이 된다. 입력형과 동일한 후보가 이 두 제약을 동시에 위반하는 경우에는 Mark 제약에 의해 유음화가 일어나는 것이 일반적인데, 단어 경계가 포함된 경우에는 이보다 상위에 놓인 Ons-Cond 제약의 작용으로 두음의 비음화가 일어난다. 그러나 이러한 두음의 비음화는, Ident-IO(F) 제약보다 하위에 있으므로 해당 음운 연쇄가 필수적 제약을 위반하는 경우에만 발견된다.

142

  5장에서는 입력형과 출력형 후보 간의 대응 관계 제약이 가져오는 경음화와 유기음화 현상을 다루었다. 이 두 현상은 음운론적 불투명성을 보이는 예로 알려져 있는데, 그 이유는, 자음군이나 사잇소리가 분절음으로 실현되지 못한 경우에도 입력형의 이러한 인접 요소에 대한 정보가 출력형의 대응소에 영향을 미치기 때문이다. 그리고 이러한 정보는 음운론적 구 안에서만 유효하므로, 동일한 음운 환경을 갖더라도, 중심어가 보충어를 성분통어하는 음운론적 구의 범위를 넘어서는 변동이 일어나지 않는다. 그리고 음운 정보와 상관없이 삽입된 사잇소리가 분절음으로 실현되느냐의 여부는 Max-IO(B) 제약과 Max-IO(ⓒ) 제약 사이의 등급으로부터 결정된다. 즉, 선행어의 음절 말음 위치가 비어있을 때에만 사잇소리의 분절음 실현이 가능한 이유는 어기의 분절음을 실현시키라는 제약이 사잇소리의 실현 제약보다 상위에 있기 때문이다. 또한, 사잇소리를 포함한 어간과 모음으로 시작하는 어미가 결합할 때에, 사잇소리가 아무런 흔적을 남기지 않는 것은, *[ₒℂ 제약이 Max-IO 제약의 상위에 있기 때문이다.

  개별 제약들은 위와 같이 부분적으로 위계를 이루고 있고, 이를 종합하여 전체적인 모습을 수형도로 나타내면 다음과 같다. 최상위의 제약은 필수적 제약으로 분리하여 따로 정리한다.

  (2) 필수적 제약
        *Complex, Coda-Cond, CS, Agree-MN, Obst-C, Obst-S

(3) 선택적 제약

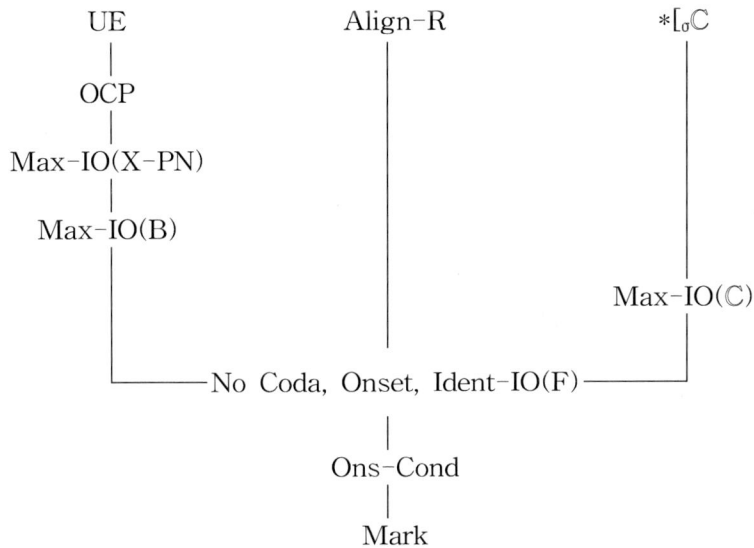

음운 변동 현상을 기술하면서 본 논의에서 가장 중점을 둔 것은, 변동 현상이 조음 편의와 식별이라는 상호 대립 관계에 있는 요구의 반영이라는 점이다. 이 양쪽의 요구를 극대화하는 지점이 바로 변동의 양상이 될 것이다. 따라서 개별적인 현상의 기술보다는 음운 변동 현상 전반을 지배하는 원리와 제약을 찾고 이를 가시화 할 수 있는 방법을 찾아보았다. 보다 정밀한 논의를 위해서는 모음에 의한 변동 현상과, 음운 변동에 관여하는 조어법상의 원리가 함께 밝혀져야 할 것이다.

<참고문헌>

강석근 · 이보림 · 이기정(Kang, Seok-Keun, Borim Lee & Ki-
       Jeong Lee) (1997). "A Correspondence Account of
       Korean /h/", *SICOL*.

강창석(1982). "현대국어의 형태소 분석과 음운현상", 국어연구 50.

_____(1984). "국어의 음절 구조와 음운 현상", 국어학 13.

_____(1985). "활용과 곡용에서의 형태론과 음운론", 울산어문논
       집 2.

고광모(1989). "체언 끝의 ㄷ>ㅅ 변화에 대한 새로운 해석", 언
       어학 11.

_____(1996). "'르'과 관련된 두 음운 변화", 언어학 (서울대) 18.

고병암(1998). 최적이론. 동인.

고영근(1974). 국어 접미사의 연구, 광문사.

권인한(1987). "음운론적 기제의 심리적 실재성에 대한 연구", 국
       어연구 76.

기세관(1990). 국어 단어 형성에서의 /ㄹ/ 탈락과 /ㄴ/ 첨가에 대
       한 음운론적 연구, 원광대학교 박사학위 논문.

김경란(1993). "우리말 음절화와 관련된 음운규칙의 적용방법",
       음성 · 음운 · 형태론 연구 1.

김경아(1989). "국어 후두음 층열의 정립을 다시 생각해 본다",
       주시경 학보 4.

_____(1990). "활용에서의 기저형 설정과 음운현상", 국어연구 94.

146

_____(1992). "중세국어 종성표기 'ㅅ'에 대하여", 관악어문연구 17.

_____(1996). "국어의 음운 표시와 음운 과정", 서울대 박사 학위 논문.

_____(1997). "국어 장애음의 분류와 후두 자질", 국어학 30.

김기호(Kim, Kee-Ho)(1987). *The Phonological Representation of Distinctive Features: Korean Consonantal Phonology,* Ph. D. dissertation. Univ. of Iowa at Iowa.

김두봉(1916). 조선말본. 새글집.

김선희(1992). "국어 경음의 음운론적 실체", 어학연구 28-1.

김성규(1987). "어휘소 설정과 음운 현상", 국어연구 77.

_____(1988). "비자동적 교체의 공시적 기술", 관악어문연구 13. (서울대).

_____(1989). "활용에 있어서의 화석형", 관악어문연구 17.

김성련(1995). "국어 음절 간의 음운현상에 대한 연구", 충남대 박사학위논문.

_____(1996). "자질 걸침과 국어 음절 간 음운 현상에 대한 연구", 한글 234.

김수곤(1985). "어휘 형태음운론의 이해", 어학 12. (전북대).

김영기(Kim-Renaud, Young-Key)(1973). "Irregular Verbs in Korean Revisited", 어학연구 9-2.

김영석(Kim, Young-Seok)(1984). *Aspects of Korean Morphology.* Ph. D. dissertation. Univ. of Texas at Austin.

김완진(1971a). "음운현상과 형태론적 제약", 간해 이병선 박사 회갑기념논총.

_____(1971b). 국어음운체계의 연구, 일조각.

_____(1972). "형태론적 현안의 음운론적 극복을 위하여", 동아 문화 11.

_____(1974). "음운변화와 음소의 분포", 진단학보 38.

김정수(1987). "한말 목청 터짐소리 /ㆆ/의 실존", 한글 198.

_____(1989). "한말의 사잇소리 따위의 문법기능", 한글 206.

김정우(1984). "국어 음운론의 경계 문제에 관한 연구", 국어연구 59.

_____(1988). "음운론의 비음운론적 정보 문제", 제31회 전국 국 어국문학 연구 발표대회초.

_____(1991). "음절말 자음 중화의 실상", 국어학의 새로운 인식 과 전개. 민음사.

_____(1994a). "음운 현상과 비음운론적 정보에 관한 연구", 서 울대 박사 학위 논문.

_____(1994b). "국어의 어휘부와 어휘음운론", 개신어문연구 11. (충북대).

김종미(Kim, Jong-Mee)(1984). Epenthetic-s in Korean: a constraint in default specification., ms. Univ. of Southern california.

_____(1986). *Pholology and Syntax of Korean Morphology.* Ph. D. dissertation. Univ. of Southern California.

김종훈(1990). 음절음운론, 한신문화사.

김주필(1988). "중세국어 음절말 치음의 음성적 실현과 표기", 국 어학 17.

_____(1990). "국어 폐쇄음의 음성적 특징과 음운 현상", 강신항

148

교수회갑기념 국어학 논문집.

김진우(Kim, Chin-Wu)(1968). "The Vowel System of Korean", *Language* 44-3.

_____(1971). "국어 음운론에 있어서의 공모성", 어문연구 7. (충남대).

_____(1973). "Gravity in Korean phonology". *Language Research* 9.

김차균(1974). "국어와 영어의 자음동화에 대하여", 경상대 논문집 13.

_____(1976). "국어의 자음접변", 언어학 1.

_____(1981). "음절 이론과 국어의 음운 규칙", 인문 과학 연구소 논문집(충남대) 8.1.

_____(1987). "말끝 닿소리떼의 단순화", 한글 196.

_____(1990). "국어 음운론에서의 강도의 기능", 언어 15.

_____(1992). "사이 ㅅ의 음운론", 국어학 22.

_____(1996). "음운규칙의 일반화와 내포", 음성학과 언어학. 서울대 출판부.

김창섭(1994). 국어의 단어형성과 단어구조, 서울대 박사학위 논문.

김충배(Kim, Choong-Bae)(1974). "Tensification revisited", Language Recearch 10.

김태경(1996). "사잇소리의 실현 과정과 개재 원인", 한양어문연구 14.

_____(1998). "국어 격조사의 이형태와 선택 제약", 정재장세경 교수정년기념논총.

_____(1999). 국어 자음의 변동 원리와 제약, 한양대 박사학위논문.

_____(2000). "비음화와 유음화의 적용 기제에 대하여", 한국어학 11.

김태경·김명희(2004). "유아 초기의 운율 발달에 관한 연구", 국어교육 115.

김태경·안미리(2004). "언어 습득 초기의 음운 처리 과정", 한국어학 24.

김형엽(Kim, Hyoung-Youb)(1990). *Voicing and Tensification in Korean: a multi-face approach.* Ph. D. dissertation. Univ. of Illinois, Urbana.

노명희(1998). 현대국어 한자어의 단어구조 연구, 서울대 박사학위 논문.

도수희(1990). "음운탈락과 음운규칙의 경쟁성", 이정정연찬선생회갑기념논총.

문수미(1989). "현대 국어 사잇소리에 관한 음성학적 고찰-실험음성학적 접근", 언어학 연구 2. (서울대 언어학과)

문양수(1986). "음운론에서의 음절", 언어학 제9.10호.

_____(1990). "생성음운론의 최근 이론", 신익성교수정년퇴임기념논문집. 한국언어학회.

_____(1991). "음성변화에 있어서의 음절의 역할", 인문논총 26.

_____(1996). "음절 이론과 국어의 음절구조", 음성학과 언어학. 서울대 출판부.

박병채(1971). 고대국어의 연구. 고려대 출판부.

박창원(1984a). "국어 자음의 세 자질에 관하여-특히 후두 폐쇄자질 설정을 위하여", 제27회 전국 국어국문학 연구발표대회 발표요지.

150

_____(1984b). "중세 국어의 음절말 자음 체계", 국어학 13.

_____(1986). "음운교체와 재어휘화", 어문논집 2. (경남대).

_____(1987). "표면음성제약과 음운현상", 국어학 16.

_____(1990). "음운규칙과 단어형성의 층위", 이정정연찬선생회 갑기념논총.

배양서(1971). "한국어 음운론의 논쟁점 몇 가지", 한글학회 50돌 기념논문집.

배주채(1989). "음절말 자음과 어간말 자음의 음운론", 국어연구 91.

_____(1992). "음절말 평폐쇄음화에 대하여", 관악어문연구 17. (서울대).

서정수(1996). 국어문법. 한양대 출판원.

성낙수(1987). "이른바 한국어의 두음법칙 연구", 한글 197.

성희제(1996). "자음의 위치동화와 강도 표시", 어문연구 28.

손형숙(Sohn, Hyang-Sook)(1987). *Underspecification in Korean Phonology*. Ph. D. dissertation. Univ. of Illinois, Urbana.

송 민(1986). 전기 근대국어 음운론 연구, 탑출판사.

송철의(1977). "파생어 형성과 음운 현상", 국어연구 38.

_____(1982). "국어의 음절문제와 자음의 분포제약에 대하여", 관악어문연구 7.

_____(1990). "자음동화", 국어연구 어디까지 왔나. 동아출판사.

_____(1991). "국어음운론에 있어서 체언과 용언", 국어학의 새 로운 인식과 전개. 민음사.

_____(1992). "국어의 파생어 형성 연구", 국어학 총서 18. 국어

학회.

_____(1993). "자음의 발음", 새국어생활 3-1.

_____(1996). "국어의 음운현상과 변별적 자질", 이기문교수정년
　　　　퇴임기념논총.

시정곤(1994). 국어의 단어형성 원리. 국학자료원.

신지영 · 차재은(2003). 우리말 소리의 체계. 한국문화사.

안미리 · 김태경(2004a). "유아의 자음 체계 습득 과정", 한국어교
　　　　육 14-2.

_____(2004b). "억양의 의사소통적 기능에 대한 연구", 음성과학
　　　　11-2.

안미리 · 김웅모 · 김태경(2004). "한국어 모음 체계 습득 과정",
　　　　인지과학 15-1.

안병희(1968). "중세국어 속격 어미 '-ㅅ'에 대하여", 이숭녕박사
　　　　송수기념논총.

안상철(Ahn, Sang-Cheol)(1985). *The Interplay of Phonology
　　　　and Morphology in Korean.* Ph. D. dissertation.
　　　　Univ. of Illinois, Urbana.

_____(1988). "어휘음운론 서설", 언어연구 8. (경희대).

_____(1990). "생성 형태론의 발전과 현안 문제", 주시경 학보 5.

_____(1993). "A Unified Approach to Feature Representation",
　　　　음성 · 음운 · 형태론 연구 1.

_____(1997). "A Unified Optimality Approach to Irregular
　　　　Conjugation in Korean", *SICOL* 97.

_____(1998). *An Introduction to Korean Phonology.* Seoul:

152

Hanshin publishing co..

_____(2001). 최적성이론의 언어 분석, 한국문화사.

엄태수(1994). "국어 기저형과 음운규칙에 대한 연구", 서강대 박사학위논문.

_____(1995). "복합어의 음운현상과 최적이론", 어문연구. 한국어문교육연구회 88.

_____(1996a). "15세기 국어의 자음군과 음절구조에 대하여", 서강어문 12.

_____(1996b). "최적이론에 의한 현대국어 음운현상의 설명", 음성·음운·형태론 연구 2.

_____(1998a). "합성어의 음운현상", 서강어문 14.

_____(1998b). "현대국어의 경음화 현상에 대한 검토", 국제어문 19.

오정란(1987). 경음의 국어사적 연구, 고려대 박사학위 논문.

_____(1987). "어두자음군의 체계와 안정화 규칙", 국어국문학 97.

_____(1988). "국어 후두음 층열의 정립", 주시경학보 2.

_____(1990). "자질층위이론과 국어", 한국어학신연구. 한신문화사.

_____(1993). "국어 음운 현상에서의 지배 관계", 음성·음운·형태론 연구 1.

_____(1995). "국어 'ㄹ'음의 특성과 결합적 제약", 한국어학 2.

_____(1995). "비음화와 비음동화", 국어학 25.

_____(1997). "연결어미에 나타난 음절강도체계와 형태소 보존 기능", 음성·음운·형태론 연구2.

왕문용(1982). "입성의 기능에 대한 가설", 국어학 11.

_____(1989). "명사 관형구성에 관한 고찰", 주시경학보 4.

우민섭(1983). "사이시옷 연구", 새국어교육 37-38. 한국 국어교
　　　육학회.

유재원(1989). "현대국어 된소리와 거센소리에 대한 연구", 국어
　　　연구 125.

유창돈(1964). "ㄷ 첨가 현상의 연구-사잇소리 현상고", 동방학
　　　지 제7집.

유필재(1994). "발화의 음운론적 분석에 대한 연구", 국어연구 125.

이근열(1996). "음운 변동 현상의 기능적 접근", 부산한글 15.

이기문(1962). "중세 국어의 특수 어간 교체에 대하여", 진단학보 17.

_____(1972). 국어사 개설 (개정판), 탑출판사.

_____(1977). 국어 음운사 연구. 탑출판사.

이기문・김진우・이상억(1984). 국어음운론, 학연사.

이기석(1993). 음절구조와 음운원리. 한신문화사.

이명규(1974). "구개음화에 대한 문헌적 고찰", 국어연구 31.

_____(1981). "어두움 탈락의 시기에 대한 고찰", 인문논총 1.
　　　(한양대)

_____(1982). "근대 국어의 음운 현상에 관한 연구", 인문논총 3.

이병건(Lee, Byung-Gun)(1976). 현대 한국어의 생성음운론, 일
　　　지사.

_____(1982). "A well-formedness condition on syllable structure",
　　　In I-S, Yang(ed.) *Linguistics in the Morning*
　　　Calm. Seoul: Hanshin publishing co..

이병근(1967). "국어의 도치 현상 소고", 학술원논문집 6.

154

_____(1975). "음운현상과 비음운론적 제약", 국어학 3.

_____(1977). "자음동화의 제약과 방향", 이숭녕선생고희기념논총.

_____(1979). 음운현상에 있어서의 제약, 탑출판사.

_____(1981). "유음탈락의 음운론과 형태론", 한글 173·4.

이상억(1977). "자립분절 음운론과 국어", 이숭녕선생고희기념논총.

_____(1979). "국어 음운론에 있어서의 공모성에 대한 재론", 한글 165.

_____(1987). "현대 음운 이론과 국어의 몇 문제", 언어 12-2.

_____(1990). "현대 국어 음변화 규칙의 기능부담량", 어학연구 26-3.

_____(1993). "쉽게 쓴 국어 음성학", 새국어생활 2-4.

_____(1994). "인지음운론", 현대언어학 지금 어디로. 한신문화사.

이숭녕(1961). 중세국어문법, 을유문화사.

이승재(1980). 구례지역어의 음운체계, 국어연구 45.

_____(1983). "형태소 경계의 음운론적 기능에 대하여", 정병욱선생회갑기념 논총.

이원직·허삼복(1996). "음절말 자음군의 단순화 현상", 한밭한글 1.

이윤동(1983). "현대 국어 유성음간 무성 자음 강화에 대하여", 어문학 43. (한국어문학회).

이익섭(1967). "복합명사의 액센트 고찰-구와 구형 복합어를 구분시켜 주는 marker를 찾기 위한 시고로서-", 학술원 논문집 6.

_____(1975). "국어 조어론의 몇 문제", 동양학 5. (단국대).

이현규(1969). "국어의 덧접사 설정 시고 – 간음 'ㅅ'을 대상으로", 어문학 20.

이희승(1955). 국어학 개설. 민중서관.

임홍빈(1981). "사이시옷 문제의 해결을 위하여", 국어학 10.

전상범 譯(1987). 생성형태론, (Sergio Scalise 著, *Generative Morphology*). 한신문화사.

전상범·김진우·정국·김영석(1997). 최적성이론. 한신문화사.

전상범(1976). "현대 국어에 있어서의 된소리 현상", 언어 1-1.

_____(1987). "Kiparsky의 어휘 음운론", 어학연구 23-3.

_____(1995). 형태론. 한신문화사.

정 국(Chung, Kook)(1980). *Neutralization in Korean: a functional view.* Ph. D. dissertation, Univ. of Texas.

정명숙(1998). "국어 자음군 단순화 현상에 대한 상응 이론 설명", 한국어학 7.

정승철(1988). "음운연쇄와 비음운론적 경계", 국어학의 새로운 인식과 전개. 민음사

정원수(1992). 국어의 단어 형성론, 한신문화사.

정인호(1995). "화순지역어의 음운론적 연구", 국어연구 134.

조성문(1995). 국어의 비음동화 현상에 대한 생성음운론적 고찰. 한양대석사학위 논문.

주시경(1914). 말의 소리, 주시경전집(하)

최태영(1983). 방언음운론, 형설출판사

최현배(1937). 우리말본, 정음사.

탁진영(Tak, Jin-Young)(1997). "Correspondence Theory in Account-
        ing for Opacity with Reference to Korean", *SICOL.*

한영균(1985). "음운변화와 어휘부의 재구조화", 관악어문연구 10.

허삼복(1994). "중세 국어 표기에 보이는 자질 전파와 음운 현
        상", 연산도수희선생화갑기념논총.

허웅(1965). 국어음운학, 정음사.

홍순현(Hong, Soon-Hyun)(1997). "Overapplication of Coda Neu-
        tralization", *SICOL.*

홍윤표(1987). "근대국어의 어간말자음군 표기에 대하여", 국어학 16.

_____(1994). 근대 국어 연구 (I), 태학사.

Archangeli, Diana(1984). *Underspecification in Yawelmani pho-
        nology and morphology.* Ph. D. dissertation, MIT.

Archangeli, Diana & Douglas G. Pulleyblank(1986). "Extra-
        tonality and Japanese Accent", paper presented at
        the 1985 Conference on Japanese Language and
        Linguistics. UCLA.

_____(1998). "Optimality Theory: An Introduction to Lin-
        guistics in the 1990s", In Achangeli & Langen-
        doen(eds.) *Optimality Theory: An Overview.* Black-
        well.

Bat-El, Outi(1996). "Selecting the Best of the Worst: The
        Grammar of Hebrew Blends", *Phonology* 13.

Benua, Laura(1995). "Identity Effects in Morphological Trun-
        cation", *Optimality Theory.* J. Beckman, S. Urban-

czyk, & L. Walsh(eds.) UMass-Amerst GLSA.

Chomsky, Noam & Morris Halle(1968). *The Sound Pattern of English,* New York: Harper and Row.

Clements, George, N. & Samuel J. Keyser(1983). *CV Phonology,* Cambridge. MA: MIT Press.

Clements, George, N. (1985). "The Geometry of Phonological Features", *Phonology Yearbook. 2.*

Davis, Stuart(1998). "Syllable Contact in Optimality Theory", *Korean Journal of Linguistics* Vol. 23 No. 2. The Linguistic Society of Korea.

Goldsmith, John, A. (1993). Phonology as an Intelligent System. In *Bridges between Psychology and Linguistics: A Swarthmore Festschrift for Lila Gleitman, eds. Donna Jo Napoli and Judy Kegl. Hillsdale. NY: Lawrence Erlbaum Associates.

Hammond, Michael(1998). "Optimality theory and Prosody", In Achangeli & Langendoen(eds.) *Optimality Theory: An Overview.* Blackwell.

Hooper, Joan(1972). "The syllable in phonological theory", *Language 48.*

_____(1976). *An Introduction to Natural Generative Phonology,* New York. Academic Press.

Hung(1992). *Relativized suffixation in Choctaw: a constraint-based analysis of the verb grade system.* Ms. Brandeis University, Waltham.

Iverson, Gregory, K. & Shinsook, Lee. (1994). "Variation as Optimality in Korean Cluster Reduction", *ESCOL.*

Jakobson, Roman(1962). *Selected writings 1: phonological studies.* The Hague: Mouton.

Joseph, Stemberger(1996). *Optimality Theory and Phonological Development: Basic Issues.*

Kahn, Daniel(1976). *Syllable-based Generalization in English Phonology.* Ph. D. Dissertation, MIT.

Kenstowicz, Michael(1994). *Phonology in Generative Grammar.* Cambridge, MA: Blackwell.

_____(1995). "Base-Identity and Uniform Exponence: Alternatives to Cyclicty", In Durand, J. & Laks, B. (eds.) *Current Trends in Phonology.* CNRS. Paris-X and University of Salford. University of Salford. Publications.

Kim, Kong-On & Masayoshi Shibatani(1976). "Syllabification Phenomena in Korean", *Language Research.* 12-1.

Kiparsky, Paul(1972). Explanation in phonology. In S. Peters, ed., *Goals of Linguistic Theory.* Englewood Cliffs. N. J. : Prentice-Hall.

_____(1973). "'Elsewhere' in Phonology", *A Festschrift for Morris Hall.* S. R. Anderson & P. Kiparsky. (eds.) New York: Holt, Rinehart and Winston Inc..

_____(1982). "Lexical morphology and phonology", in I-S Yang(ed.) *Linguistics in the Morning Calm.* Seoul: Hanshin publishing co..

Kirchner, Robert(1992). *Harmonic Phonology within One Language: An Analysis of Yidin^y*. MA thesis. Univ. of Maryland. College Park.

_____(1998). "Geminate Inalterability and Lenition", *Phonology and Morphology* 23. Seoul: Hanshin Publishing Co.

Kisseberth, Charles, W. (1970). *On the functional unity of phonological rules and the polarity of language.* Ms., University of Illinoise, Urbana, Ill.

Ladefoged, Peter(1975). *A Course in Phonetics.* Harcourt, N. T. (한귀용 역, 1993. 음성학 입문. 한신문화사).

Lakoff, George(1993). "Cognitive phonology", In John Goldsmith (ed.) *The Last Phonological Rule.* Chicago: University of Chicago Press.

Leben, William(1973). *Suprasegmental Phonology,* Ph. D. dissertation, MIT.

Mayerthaler, Willi(1988). *Morphological Naturalness.* Ann Arbor. Michigan: Koroma Publishers.

McCarthy, John(1986). "OCP Effects: Gemination and Antigemination", *Linguistic Inquiry* 17.

_____(1988). "Feature Geometry and Dependency: A Review", *Phonetica* 45.

_____(1995). *Extensions of faithfulness: Rotuman revisited.* Ms., Univ. of Massachusetts, Amherst.

McCarthy, John & Alan Prince(1993a). "Generalized Align-

160

ment", *Yearbook of Morphology.*

_____(1993b). *Prosodic Morphology* 1. Ms. University of Massachusetts, Amherst and Rutgers University.

_____(1994). "The emergence of the unmarked: Optimality in prosodic morphology", *NELS* 24.

_____(1995). "Faithfulness and Reduplicative Identity", *Papers in Optimality Theory.* Amherst: GLSA.

Mohanan, K.P. (1991). "On the bases of Radical Under-specification," *NLLT* 9.

Paradis, Carole(1988). "On constraints and repair strategies", *The Liguistic Review 6.*

Prince, Alan & Paul Smolensky. (1991). "Notes on Connectionism and Harmony Theory in Linguistics", *Technical report CU-CS-533-91,* Department of Computer Science, University of Colorado, Boulder.

_____(1993). *Optimality Theory: Constraint Interaction in Generative Grammar.* Ms. Rutgers University, New Brunswick, and University of Colorado, Boulder.

Pulleyblank, Douglas, G. (1983). *Tone in Lexical Phonology.* Dordrecht: D. Reidel.

_____(1998). "Optimality Theory and Features", In Achangeli & Langendoen(eds.) *Optimality Theory: An Overview.* Blackwell.

Radford, Andrew(1988). *Transformational Grammar.* Cambridge Univ. Press.

Raffelsiefen, Renate(1995). *Conditions for Stability: The Case Schwa in German.* Heinrich Heine University.

Rice, Keren. and Peter Avery(1991). "On the Relation between Laterality and Coronality", *The Special Status of Coronals: Internal and External Evidence.* Academic Press. NY.

Sagey, Elizabeth, C. (1986). *The Representation of Features and Relations in Non-linear Phonology,* Ph. D. dissertation, MIT.

Selkirk, Elizabeth, O. (1982). "The Syllable", Hulst & Smith (eds). *The Structure of Phonological Representation*(part Ⅱ). Foris Publications. Dordrecht, Holland.

Siegel. Dorothy(1974). *Topics in English Morphology,* Ph. D. dissertation, MIT.

Stanley, Richard(1967). "Redundancy Rules in Phonology", *Language 43-2.*

_____(1973). "Boundaries in Phonology", *A Festschrift for Morris Halle.* (ed) by S. R. Anderson and P. Kiparsky. Holt, Rinehart and Winston.

Vennemann, Theo(1988). *Preference Laws for Syllable Structure.* Berlin: Mouton de Gruyter.

찾아보기

• 저자 •

김태경(金泰鏡)　　고려대학교 사범대학 국어교육과 학사
　　　　　　　　　한양대학교 국어국문학과 석사, 박사
　　　　　　　　　동국대, 한양대, 선문대 강사
　　　　　　　　　한양대학교 한국교육문제연구소 연구교수

　　　　　　　　　주요 논문:
　　　　　　　　　「국어의 음절 말음 제약」
　　　　　　　　　「비음화와 유음화의 적용 기제에 대하여」
　　　　　　　　　「유아의 자음 체계 습득 과정」
　　　　　　　　　「한국어 모음 체계 습득 과정」
　　　　　　　　　「언어 습득 초기의 음운 처리 과정」
　　　　　　　　　「억양의 의사소통적 기능에 관한 연구」
　　　　　　　　　「유아 초기의 운율 발달에 관한 연구」
　　　　　　　　　외 다수

국어의 음운 제약과 음운 변동 현상

• 초판 인쇄	2005년 5월 20일
• 초판 발행	2005년 5월 20일
• 지 은 이	김태경
• 펴 낸 이	채종준
• 펴 낸 곳	한국학술정보㈜
	경기도 파주시 교하읍 문발리 526-2
	파주출판문화정보산업단지
	전화　031) 908-3181(대표) · 팩스　031) 908-3189
	홈페이지　http://www.kstudy.com
	e-mail(e-Book사업부)　ebook@kstudy.com
• 등　록	제일산-115호(2000. 6. 19)
• 가　격	10,000원

ISBN　　89-534-2421-6 93810　(Paper Book)
　　　　89-534-2422-4 98810　(e-Book)